本书受第二批国家民委人文社会科学重点研究基地"民族地区医学社会科学研究基地"和广西高校人文社会科学重点研究培育基地"广西医学人文研究中心"基金资助。

俯仰皆管理

我成长的那些关键变量

MANAGEMENT EVERYWHERE

陆增辉·著

云南大学出版社

Yunnan University Press

图书在版编目（CIP）数据

俯仰皆管理：自我成长的那些关键变量/陆增辉著．
—昆明：云南大学出版社，2018
ISBN 978 - 7 - 5482 - 3522 - 4

Ⅰ.①俯… Ⅱ.①陆… Ⅲ.①随笔—作品集—中国—
当代 Ⅳ.①I267.1

中国版本图书馆 CIP 数据核字（2018）第 207613 号

俯仰皆管理

——自我成长的那些关键变量

陆增辉　著

策划编辑： 王翌洋
责任编辑： 王　磊
装帧设计： 会　飞
出版发行： 云南大学出版社
印　　装： 昆明市五华区理煜教育印务有限公司
开　　本： 787mm × 1092mm　1/16
印　　张： 11.75
字　　数： 203 千
版　　次： 2018 年 8 月第 1 版
印　　次： 2018 年 8 月第 1 次印刷
书　　号： ISBN 978 - 7 - 5482 - 3522 - 4
定　　价： 39.80 元

社　　址： 昆明市一二一大街182号（云南大学东陆校区英华园内）
邮　　编： 650091
电　　话：（0871）65033244　65031071
E - mail： market@ ynup. com

本书若有印装质量问题，请与印厂联系调换，联系电话：0871 - 64167045。

序一：管理皆人性

崔　践

这是一本有趣的书。

是散文吗？是，又不是。是管理漫谈？是，又不是。是心理学散论？是，又不是。

在我看来，它更像是一本以心理分析为基本工具，跟年轻人一起探讨人生成长管理的随笔。

初读这本书，我想起了徐志摩的那首诗：

> 走着走着就散了，回忆都淡了，
> 看着看着就累了，星光也暗了；
> 听着听着就厌了，开始埋怨了，
> 回头发现你不见了，突然我乱了……

是的，在青年成长的路上，要奔着生活、工作、爱好的目标而去，要协调爱情、同事、家人等种种关系，纵然心有千千结，又该如何化解？

我仿佛看见，在徐志摩"乱了"的地方，老陆呵呵一笑：俯仰皆管理！没错，你的人生需要精心管理。

贴近生活，贴近青年，贴近常识。

这是本书给我的第一印象。书中，老陆排兵布阵，通过圣哥、五哥、诗歌，以及高老师、李老师和若干同学的故事，很有"仪式感"地、深入浅出地发掘和剖析了青年成长面临的种种管理问题。

老陆嫌这还不够，溯古搬来周公、孔子、刘邦、汉武帝、朱熹、曾国藩等华夏先帝先贤，跨洋邀约亚里士多德、培根、林肯、约翰·杜威、威廉·詹姆斯、德鲁克等西方哲人大家，还请来了当下人生导师李开复、新东方创始人俞敏洪、逻辑思维罗振宇、百度总裁李彦宏、特斯拉 CEO 马斯克、股神巴菲特等中西方达人，与读者一起探讨人生。

于是，我们读到了有趣的生活细节、青春的心理萌动，以及强大的"后台"点评，这就使得本书有了足够的长纵深和大视野，读之有趣、嚼之有味。

俯仰皆管理，管理皆人性，人性皆心理。

这是本书给我的第二印象。书中，老陆这样概述人生：

首先，人的一生，像炮弹一样从出生向死亡不可逆地被发射出去。其次，在这过程中，每个人都面临三件事：自己的事、别人的事和老天的事。再次，要给人生赋予意义，完成自我实现。第四，围绕人生既定目标，要学会管理时间、善处人际关系、积极自我调适，慎终如始并超越生死。

在老陆看来，上述过程"俯仰皆管理"。

的确，无论是古代和中古时期东西方的管仲、商鞅和马基雅维利等管理先声，还是一百多年前法约尔的"一般管理原则"和泰罗的"科学管理"等古典管理思想，或是当下最时兴的学习型管理，以及即将到来的智慧管理，都必须基于对人性的清晰和符合实际的认识。

就是说，人类改造物质世界的种种管理，最终都必然折返和指向对人性自身的深刻认识——管理皆人性。

君不见，刻在雅典德尔菲神庙上的人类最古老的箴言之一就是："认识你自己"。

在《你想要的是什么》一文中，老陆指出了一个重要问题：许多人"对自己喜欢的明星的兴趣爱好、生活习惯往往如数家珍"，却对自己知之甚少，比如"我是一个怎样的人？我喜欢什么？我擅长什么？我想要什么？"或许，这正是人生"俯仰皆管理"的起点。

接下来的问题就是：对人生和人性"俯仰管理"的指向应该是什么？

老陆在《人类可以扔掉驾照了吗》中，借助一位纳粹集中营幸存者之口说道："教育究竟是为了什么？我的请求是：请你帮助学生成长为具有人性的人。你们的努力绝不应当被用于创造学识渊博的怪物。"

在《伟大都是熬出来的》里面，还给出了另一个答案："伟大就是把自己喜欢做的事做到极致。许多人知道很多道理却仍然过不好这一生，原因就在于。"

诚哉斯言！

"理解枯燥的概念，如果从故事开始可能更容易些。"老陆就是这样，从身边司空见惯的小事中，发掘出发人深省的大道理。

而如何达成"俯仰皆管理"的目的呢？

老陆同样撇开了深奥的理论和宏大叙事，专注于从心理细节去梳理和阐释：青年应该如何与自己相处，如何与他人相处。

或许弗洛伊德的"自我、本我、超我"理论太深奥，那么读一读《最喜欢的事就是在一起》，你对于如何涵养性情定会恍然大悟。或许马斯洛的"心理需求层次"理论太抽象，那么读一读《不知圣哥愿意收徒否》，你对于人性"投桃报李"的奥妙定会有新的认识。或许斯金纳的"操作式条件反射"太玄乎，那么读一读《假装自己很厉害》，总有一天你也会很牛逼。

可见，在操作层面上，"俯仰皆管理"与人的心理相关。人性皆心理。因为"心之官则思"，人是生活在时间、空间和观念构成的三维世界中的。

一本有趣的书，一个有趣的人，一种有趣的人生体验。

本书之所以有趣，是因为写书的老陆有趣。

称他"老陆"，并非因为他有多老。老陆的"老"，是其为人处世之老成、老到和老实。

这并非浪得虚名。

老陆曾经当过干事教过书，闯过江湖下过海，如今又跨洋去读博深造，且都小有成就。正如他自己说的："要么好好赚钱，要么好好读书。"在这两个"要么"方面，他都游刃有余。

或许，正是得益于在教学与商海之间的"莫比斯环"自如穿越，他才真切地感受到人性"边界"的微妙。或许，背着相机行走大千世界，阅读了人性四季，他才能跳出庄子意义上"秋虫"的局限，在俯仰宇宙、观察社会、臧否人物的过程中不断内省和领悟。或许，作为人文学者，又长期浸淫在医学教育领域，他才能不断走近青年的世界，走进自己的内心。

紫霞通过月光宝盒看到了结局，老陆通过明达性情也同时参透了生活。他是一个大学教师、一个摄影爱好者、一个读书人，用行走和阅读不断提升自己的意识维度。他已然是一位"斜杠大叔"。

老陆的作品还有一个令人动容的方面，就是他对学生的关爱，整本书都体现了浓浓的人文情怀。

就在我阅读本书和思考期间，甘肃庆阳市一位高三女生美好的花季在跃然一跳中飘逝了，又读到中科院博士生被自己四川的同学千里赴京杀害的报道……这些年，这样的事例，还可以列举出长长的一串，令人痛心！

毋庸讳言，这是一个亢奋的时代，也是一个焦虑的时代，是时候将心理健康教育与思想品德教育、知识技能教育并重了。老陆敏感地抓住了青春与人性、心理与管理这个主题来阐述，正当其时。

也许由于受专业或时间限制，老陆的一些随笔稍显发散，总体架构还不够清晰，对"管理"着墨不深。还好，老陆不老，又一直在苦"熬"，相信并祝愿他在今后的教学、研究和实践中，迎来"荷花开满整个池塘"的那一天。

是为序。

崔　践

2018 年 6 月 28 日

序二：挠青春的痒痒

潘廷将

在"创新创业"领域，经常见到大佬们提到"痛点""痒点"这些词，说的是只有准确抓住了客户的"痛点"和"痒点"，商业才有可能成功。而在我们的生活之中，往往也会有一些的"痛"和"痒"，因为不明就里，所以难以挠中要点部位，不止痛，不解痒，难受、难耐。

我常常见到这么一些人，话一出口就是发牢骚、抱怨。有可能他在展示自己的高明，但跟这些人在一起我就感觉特累，特不舒服。

每一个比较重要的节日，我也会收到很多节日问候的信息，基本上都是网上复制的编得很华丽的短信——回还是不回？我也常常为此感到纠结。

我在大学里是做学生管理工作的，老师们在学生各种微信群、QQ群里发通知，做提醒，甚至为毕业班同学提供一些就业信息——但在老师的信息之后，基本没有什么学生回应，有些时候甚至是死一般的宁静。作为终日里为学生成长而操劳的教师，看着眼前的一片"死静"，个中滋味，无以言说。

就在这几天毕业生拍毕业照的现场，摄影师一叫"OK"，毕业生们便一哄而散，自顾呼朋引伴摆拍，把那些应邀而来的老师们冷落在一边，任由他们讪讪离去。

……

如此的"痛"和"痒"，还有很多。

那些发牢骚和喜欢抱怨的人，在《俯仰皆管理》里属于"垃圾人"，"垃圾人定律"给我提供了比较精确的认知概念。从今往后，有意识地避开这些人，生活之中就会少一些烦恼。

对于那些复制来的节日祝福信息，这回我大可不必理会了。对于大学生表现出来的冷漠，我觉得有必要把"对等原则"好好地跟他们说一说。要是《俯仰皆管理》这本书能出得早些，我能把它作为礼物送给我2014级英语专业的本科的学生就好了。

《俯仰皆管理》这本书，给我们点出了人生之中很多的"痛"和"痒"的真正根源所在，让人看了豁然顿悟，真有收获。回想上一次处理两位职工之间的矛盾，我如果从"宇宙视角"好好地跟他们说道，或许他们会更容易尽释前嫌。

8年的人事管理和9年的部门负责人工作，逼迫我不得不经常去搜寻一些关于管理的"新东西"，以免被时代淘汰。但往往是在几大排的管理书籍专柜中也找不到一两本合适的书。这本《俯仰皆管理》，应该是我一直在期待的一本书。

作者陆增辉，是我相识多年的老友。《俯仰皆管理》里的一些文章，我偶尔在他的微信公众号里也曾阅读过。我一直对他长年坚持写作，并且能保持其文字的亲和力和新鲜度，感到由衷的钦佩。想不到很快就成书出版了，里边还有很多以前漏读的好文。这些文章经过专门的整理，更为精致和系统了。

陆增辉到泰国做学问的这两年，我能明显感觉到他学术思维的长进。所写网文，竟也都弥漫些许学术的滋味。

《俯仰皆管理》里有大量的知识点，是常常为我们所忽略而造成我们生活和发展之中"痛"和"痒"的一些概念、原理、典故和定律。比如"人际边界""仪式感""沉睡效应""社会化失败""隐性成本""乌比冈湖效应"等等，这些都带有浓厚的学术味道。

我之所以在一排排的管理书籍里淘不出一两本好书，就是觉得那些书说教的味道太重，只说道理，少讲知识。而很多道理，往往是听来感觉挺有意思，然而并没有什么用。只有那些经典的知识，一旦掌握，便可以用于实践之中，产生助力。

开心的是，这是一本读起来极有味道的书。通过叙说自己的经历、故事、感悟，或是扯来几片古籍的叶子，通过俏皮而极富张力的表达，硬是把一些本来枯涩的管理知识，演绎得生动有趣、韵味十足。如果没有这些，像"人际边界""仪式感""沉睡效应""社会化失败"这样的知识概念，会让我们感到很头痛。对文字如此娴熟的驾驭能力、广博的知识面，应该是跟作者多年来一直坚持旅行、写作和研究庄子、孔子等有较大的关系。

　　作者陆增辉是一个有趣的人，在他所从教的大学里，他是最受学生欢迎的老师之一。这除了因为他上课上得特别好之外，更重要的是他在课余也经常跟学生混在一起，嬉怒笑骂之中，指导学生智慧地发展，所带的学生团队拿下了一些自治区级和国家级的奖项。

　　这本书，大概也是对这些成功经验的筛选和凝练吧。

潘廷将

2018 年 6 月 21 日于广西百色

目　录

第一篇　在人群中穿行

第二篇　熬出自己的味道

第三篇　阳光下的微尘

第一篇　在人群中穿行

不要和垃圾人走在一起

摘要：想要了解一个人，就去看看他的朋友。

关键词：垃圾人定律

我喜欢跟年轻人混在一起，这样会使自己更显年轻。而且确实也是这样。我的那些同学，很多不是当老师，他们有好多人看起来就要比我显老些。为此我曾暗自得意。

和怎样的人在一起你就会变成怎样的人，这是我一贯的观念。和年轻人在一起看她们整天涂鲜艳口红，穿到处漏洞的牛仔裤，你自然不好意思穿太松垮的大裤筒。听他们谈维密，谈小美好，你自然不好意思整天泡枸杞谈养生。你自觉和不自觉地要跟上他们的步伐。因为他们代表美代表未来，所以你的穿着你的心态明显地就往他们的方向靠拢，努力活成他们的样子。

尽管如此。我还是不太喜欢个别的青年人。平时学校的学生加我 Q 我都会同意。有什么问题 Q 上想询问我也乐意回答。但这几天我还是拉黑了两个男生。其中有一个恭维你过得好表示羡慕等等，然后问一些无聊的问题比如如何发家致富能不能带他一起飞云云。然后你问他是谁，他不说名字半天只说上过我的课。我问是什么课程？他说记不得了。我说：那你不是好学生。直接把他拉黑。另外一位则是喜欢谈论时政，很看透世界的模样，对这个不满那个不满。我简单开导几次没有改变。只好悄悄把他也拉黑。我承认作为一个老师我不够有耐心。但我真做不到和这样的同学叽叽歪歪。一我时间不够用；二我情绪会受影响。

网络上有一个垃圾人定律：世界上存在很多负面情绪缠身的人，他们需要找个地方倾倒，有时候被人刚好碰上了，垃圾就往人身上丢。这个定律来自大卫·波莱的书《垃圾车法则》。大卫·波莱认为：许多人就像垃圾车，他们装满了垃圾四处奔走，充满懊恼、愤怒、失望的情绪，随着垃圾越堆越高，他们就需要找地儿倾倒，如果你给他们机会，他们就会把垃圾一股脑儿倾倒在你身上。所以，有人想要这么做的时候，千万不要收下。只要微笑，挥挥手，祝他们好运，然后，继续走你的路。大卫·波莱说：与垃圾车擦身而过，是幸福和成功的钥匙。

那些装满负面情绪的垃圾人要么沮丧要么抱怨要么愤怒甚至仇恨。和这种人接触太久，你会疲惫和厌倦，甚至也会跟着沮丧和愤怒。你知道人的情绪比病菌还要更容易传染。所以要离开这种人远一点，他们会带坏你的情绪，让你快乐无多。

再延伸开来，生活当中还有各种类型的垃圾人。整天打游戏或者热衷吃喝玩乐或者整天游手好闲再或者整天睡懒觉，这些人也是垃圾人。跟这样的人混在一起你会受他们"熏陶"，久之也沾染上这些习性。也就是说他们会把你的人生给带着跑偏。你看到的接触到的世界都是那种无所谓不上进的模样，你真的以为这是现实，也跟着颓废。结果长久颓废后，必定报废。妥妥的。

还有一类垃圾人，喜欢占别人便宜。有些是占别人时间。自己打游戏要拉上别人组队，去吃喝玩乐要拉上别人做伴。自己的事不愿做，总是找别人帮忙。有些人是占别人财物的便宜。一起搞活动从来不愿意买单。见到好处就想捞。你的资源是有限的，被这些垃圾人无节制地压榨，你很容易变成时间和物质的穷光蛋。

喜欢占人便宜的垃圾人的极端对立面是另一种虚伪的人，归根结底也是垃圾人。古代有一个人叫微生高，别人跟他借点醋，他自己没有却转而向邻居"乞借"然后拿邻居的东西"借花献佛"。很多人认为微生高很够哥们。孔子却不以为然，他认为微生高自己没有能力向他人提供帮助，表示爱莫能助就好，没必要这样借他人的东西去充慷慨。生活中确有这类喜欢打肿脸充胖子的人。对于别人的请求总是无原则帮助，全然不顾自己是否有这种能力。跟这种人混在一起，你时时有可能要为他的"慷慨"莫名其妙买单。要避免成为冤大头，必须远离这类不会拒绝别人的人。

垃圾人再往前走，有可能会变成"毒人"。毒朋友可以引杀身之祸，毒恋人可以耽误一生。前些日江歌案宣判。被告人陈世峰只是被判有期徒刑20年，而江歌却失去生命。如果江歌不交刘鑫这种损友，她的人生会是另外的轨迹。陈世峰这样的暴徒，刘鑫这样的损友尽管现实中不占太大比例，但确实也会有可能出现在你身边。所以在自己的生活中要努力避开这种人，不要让他进入你的朋友圈。读到这样一则故事：一对情侣晚上在餐馆吃饭。漂亮女友被隔壁桌醉汉吹口哨，男友说反正吃完了咱走吧，女友说你怎么这么孬种啊是不是男人？男友说犯不上跟流氓较劲。女友急了，骂完男友又过去骂那群醉汉，结果醉汉围上来开打，男友被捅三刀，在医院抢救无效死了。临死问女友一句话：我现在算男人了吗？

曾国藩说：择友乃人生第一要义。一生之成败，皆关乎朋友之贤否，不可不慎也。换一句话说：和什么样的人在一起，就会拥有什么样的人生。甚至有人说：想要了解一个人，就去看看他的朋友。

身边的人打哈欠，往往你也情不自禁地跟着打。对面的人冲你微笑，往往你也会情不自禁回以微笑。所以在交友这件事上你要学会分辨。对于垃圾人一定要离得远远的，不要犹豫。

你在我心上

摘　要：你用心别人才会用心，你真心别人才会真心。
关键词：对等原则

现在是春节。老陆在曼谷收到了很多同学的祝福信息。大年初一一个女生问候新年后说：我觉得今天陆老师回信息可能要回到手软。我答：批发的祝福我不回。在我收到的大几百个新年祝福中，绝大多数是摘抄过来的祝福，辞藻华丽，表情花俏，动不动就排比。讲真话，我基本不读，当然也不回。倒反是那些简简单单来一句：老陆，新年开心哇。这样有称呼的问候我都会快乐地回之以问候。祝福不在于华丽不在于多，在于是否贴心。

其实我并不认为过年就一定要发祝福。我自己本身就很少发。过年大家收到的祝福太多，很容易信息过载，来不及看也没认真看。所以有时不发是明智的，毕竟一不小心就对别人造成骚扰。当然发也是可以，那就真心地写好词再发，可不要草率地复制粘贴，转手就扔过去。那样肯定不受欢迎。

互相问候，是社交的一部分。好的问候能增进感情，为自己赢得和谐的人际空间，对人生是大有帮助的。孔子有个学生叫司马牛，有一次他忧愁地对另一个同学子夏诉苦：人家都有兄弟，唯独我没有。子夏就说了："我听说过'生死命中注定，富贵由天安排。'君子只要认真谨慎没有过失，对人恭敬而有礼貌，天下的人都是兄弟呀。君子何必忧愁没有兄弟呢？"（司马牛忧曰："人皆有兄弟，我独亡！"子夏曰："商闻之矣：'死生有命，富贵在天，'君子敬而无失，与人恭而有礼；四海之内，皆兄弟也。君子何患乎无兄弟也？"）。司马牛对自己没有朋友很失落，子夏就告诉他，只要你对待别人敬而无失、恭而有礼，自然而然就能交到很多朋友。这里子夏强调人与人交往不仅要有礼貌还要有来自内心地对别人的恭敬，这才算是好的沟通和交往。也就是说恭敬地对待别人，把别人放在你心上，才可能获得友谊。好的问候应当是温暖人心的。而那些敷衍的问候，因为没有真心和恭敬在里头，再多也是枉然。因为绘事后素。

绘事后素是什么意思？这句话来自孔子和子夏的一段对话。子夏问曰："'巧笑倩兮，美目盼兮，素以为绚兮。'何谓也?"子曰："绘事后素。"曰："礼后乎?"子曰："起予者商也！始可与言《诗》已矣。"这段话翻译过来大概意思是：子夏问夫子，《诗经》里面讲到"笑得很好看，眸子黑白分明眼波流动，肤色洁白，彩妆炫目"，这究竟是要表达一个什么意思呢？孔夫子回答，这句话是在讲，要画出最好的妆容，必先有洁净的底色。子夏听后若有所悟，又问道，是在映射"仁先礼后"吗？

夫子听了高兴地说，启发我灵感的就是子夏你呀！现在终于可以和你谈谈《诗经》到底是在讲什么了。"绘事后素"这四个字，就是"绘事后于素"，直接的意思是：先有白色的底，然后才好绘画。引申开来是说先有仁德，才有礼节仪式。有了"仁"打底，礼节仪式才会巧笑倩兮美目盼兮，才能打动人心。

而没有诚心打底的礼节仪式则是不待见的。一件华美的衣服套在僵尸身上断然不会产生美感。稍稍动动指头编辑一个消息群发出去，一下子就给好多人送到了祝福，或者干脆随手复制粘贴就甩出去，其实这也太投机太偷懒。你指望通过这样的做法换回来更多的情感和联系。但是这样的问候只有形式没有真心实意，更没有独家专享。而别人不是乞丐，当然不需要廉价的祝福也不稀罕群发的爱。根据对等原则，人与人之间是相互对等的，我对你存有善意，你才会回报于善行。我对你尊重，你才会回我以尊重。我对你有若兄弟姐妹，你才会将我当兄弟姐妹。如果只想你当我有如兄弟姐妹，而我不对你有如兄弟姐妹，这兄弟姐妹是做不成的。人与人之间相互友爱的关系终究是要用心呵护，偷懒是不行的。

其实就一句话：你用心别人才会用心，你真心别人才会真心。

我们不熟好吗

摘　要：这个世界只有三件事，自己的事、别人的事和老天的事。

关键词：交浅言深　人际边界　熟而忘礼

大概是因为学校里女生太多，男女比例 3∶7，而且我是她们的老师。所以常常有机会听到女孩子表达心里的那点不愉快。

华英雄是大医广场团队的才女，前阵子在我的文章底下留言：嗯，巨烦不熟的人在我面前开车，拿低俗当乐趣，好想说："大哥，我们不熟好吗！"……

前阵子一漂亮女孩跟我说，她和一个认识不久的女孩逛街，只要她一拿起某样商品端详一下，和她一起逛街的女孩就会说：你确定你要买这个吗，这么幼稚的东西你也喜欢？如此几次，搞得心情都不好了。

有一女生跟我谈到有一男生，刚加 QQ 有一句没一句的聊了几次。有一天看了女生新发的一条"说说"后，突然问了一句：你寂寞吗？女生说感觉怪怪的心里很不舒服。甚至还有一些女生说特别烦一些并不深交的人突然问你交过几个男朋友，三围多少之类的问题。

我本人也曾遇到过类似这样不愉快的事情。年初一位普通的大学同学来出差，不知从哪里弄到我的手机号，一通电话过来大声嚷嚷：你小子最近在忙啥？好长时间没见，还好岁月没冲垮咱俩的交情啊！你出来，兄弟俩喝两杯。其实和这位同学并没有太多交情，大学几年除去上课同在一个教室，平时并无往来。但既然电话到了，也就应承下来。席间，大学同学很认真地问：听说你发了到底是做啥项目发的？现在身家多少？有多少个情人？我尴尬地笑着不出声。他还继续追：咱多年老同学了，说来听听嘛。那时，真的好想说：大哥，我们不熟好吗。

另一类和你不熟的人，不问你的事，但却在你面前说一大通自己的秘密。

有一次在机场，帮一个胖女生推行李，然后她就一路在我旁边滔滔不绝地讲她的性爱史，跟过多少个男的，比她大多少岁小多少岁，身材如何如何，喜欢什么姿势等等。大概她认为我帮她推行李，她这样敞开心扉表示一种坦诚。但我是觉得怪怪的。就好像大庭广众之下有一个脱光的女人站在你面前，虽然跟你没什么关系，但总还是尴尬。还有一类人，和你也不熟，却在人面前说别人的坏话。弄得你听也不是走也不是。

苏东坡曾说：交浅言深，君子所戒。大意是说交情没那么深，但说的话却好像很铁的样子，这是君子应该警惕的行为。《后汉书》上也说，交浅而言深者，愚也。对那些相交不深的人畅所欲言直抒胸臆，是很愚蠢的事情。为什么这么说？

人是有边界的。自从娘胎生下来，就是一个独立的个体。正如世上没有相同的两片树叶，也不会有完全相同的两个人。具体到人际交往中，每个人都有自己的立场，自己的感受，自己的想法，自己的期望，自己的权利，这种双方不同的领地的接触地带，就可以看作是双方人际的边界。边界意味着自身的生理需求和其他需求，以及你对自己人生做出的各种选择和决策，是你的权利和自由，其他人不能无故介入、妨碍或强制。当别人越过这个边界的时候，这种行为不是直白，而是侵犯。而当你让别人越过自己的边界，你不是善良，而是软弱。在心理上没有边界意识，就会在不自觉中做出损害自己或他人利益的行为。边界需要人与人之间相互尊重，无论之间的关系是什么，只有建立在彼此尊重边界基础上的这种关系，才能带来关系中所有独立个体的成长、支持和滋养。

人际关系中的边界有三层：地理边界、身体边界和心理边界。地理边界限是你在地理空间中的归属感，比如这是你的家，那是你的办公桌。一般越过地理界限的行为，会让你感到财产侵犯。第二层是身体边界，也就是让你感到安全的行为距离。一旦越过这个界限，你就会感到安全侵犯。第三层是心理边界，越过这一层，你会感到隐私侵犯或者价值观侵犯。这三种界限是交织的关系，它们有可能同时被侵犯。

地理边界和身体边界意识应该说大家较容易理解。记得十多年前，年轻人喜欢在家里请客吃饭。但现在大家都不太喜欢这么干了，主客双方都觉得不太方便，还是饭店大排档更自在更快活，毕竟私宅会存在边界问题。前些年单位里有位老司机每次过收费站，都要趁递钱取票之机嘻皮笑脸地摸一下年轻女服务员的小手。单位的人引以为茶余饭后之谈资，因为大家都觉得这老司机是冒犯到了别人。还好，现在老司机退休了。

但是对于心理层面上的边界，一些人依旧还是模糊。有些人喜欢越界。不自觉地想控制、干涉别人。把别人的事当成自己的事，过分热心、过分卷入。如果别人和自己不一样就会非常痛苦，于是开始抱怨和不解：你凭什么这样对我？你怎么竟有这种想法？为什么你都不理解我？如果一个人有清晰的界限感，他会意识到这种不同，并尊重这种不同。越界还有一种是喜欢窥探别人的隐私。翻别人的手机、翻别人的抽屉、看别人的日记等等。他们不知道自己这样做已经闯入了别人的私人领地，侵犯了别人的地盘。

有些人则喜欢邀请他人入界。这是一种依赖。把自己的事推给别人，让别人替自己做。把责任也交给了别人，要求别人对自己负责。还有的就是前面也说到了，喜欢和别人分享秘密、谈自己的感受、暴露自己的想法。他们不知道别人和自己并不一样，别人可能无法理解你的感受，甚至有可能还会感到厌烦。

把握人与人之间的"边界感"其实就是一句话：这个世界只有三件事，自己的事、别人的事和老天的事。这三件事已经清晰划分了人际的边界。自己的事，自己做，不要过于依附他人。人生当中，只有你对你自己负责。别人的事，可以关注和理解，不要强加干涉。老天的事，好好配合，天要下雨娘要嫁人，适应就好。

以上说的是普遍意义上的人际关系。真正在家族里或者少数的熟人和朋友里，人际的边界就会模糊一些。大家互相渗透，你中有我，我中有你。有一句话说的是：人生礼熟，人熟礼生。大体的意思是讲在陌生人面前应该多讲礼数，多讲边界，在熟人面前呢则可以不用那么拘礼。因为人在社会上生存，毕竟很多时候一个人应付不了各种状况，需要以一种整体的力量去解决，所以朋友和家族间的这种共生关系有它的合理性。也是有了共生关系的存在，我们才会觉得在这个世界上我们不至于那么孤单那么冷冰冰。但我们不要忘了，人熟礼生和人熟无礼是有区别的。哪怕我们在朋友间家族里可以随意些，可以去控制去依赖。但终究人还是独立的一个人，终究还是有边的。所以还是要注意好尺度，千万不要"熟而忘礼"。

最后，当有人越界到你的地盘时，你应当坚决地说：我是我，我有我的想法我的选择。

好好吃个散伙饭

摘　要：你厌倦了生活中的格调，就是厌倦了生活。

关键词：仪式感　小确幸

"喂，喂喂，说点什么呀！"绿子把脸埋在我胸前说。

"说什么？"

"什么都行，只要我听着心里舒坦。"

"可爱极了！"

"绿子，"她说，"要加上名字。"

"可爱极了，绿子。"我补充道。

"极了是怎么个程度？"

"山崩海枯那样可爱。"

绿子扬脸看看我："你用词倒还不同凡响。"

"给你这么一说，我心里也暖融融的。"我笑道。

"来句更棒的。"

"最最喜欢你，绿子。"

"什么程度？"

"像喜欢春天的熊一样。"

"春天的熊？"绿子再次扬起脸，"什么春天的熊？"

"春天的原野里，你，一个人正走着，对面走来一只可爱的小熊，浑身的毛活像天鹅绒，眼睛圆鼓鼓的。它这么对你说道：你好，小姐，和我一块儿打滚玩好吗？接着，你就和小熊抱在一起，顺着长满三叶草的山坡咕噜咕噜滚下去，整整玩了一大天。你说棒不棒？"

这是《挪威的森林》里渡边和绿子的一段对话。虽然表达的只是人与人的喜欢，但渡边的喜欢里，因为有了春天的原野，长满三叶草的山坡，天鹅绒的毛，还有那圆鼓鼓的眼睛，这只可爱的小熊立马变得不一般起来，而漂亮性感的绿子听着不由地心花怒放。对她来说，光说可爱是不够的，她还需要一个场景，一个特别浪漫的情境，有一个特别的仪式，也就是顺着长满三叶草的山坡咕噜咕噜滚下去。绿子觉得这才是真的特别棒。

不仅书中的人物有格调，作者村上春树本人也是极为小资的人。他创造了一个词：小确幸，指微小而确实的幸福，持续时间 3 秒钟到一整天不等。比如一边听勃拉姆斯的音乐一边凝视白色纸糊拉窗上秋日午后的阳光描绘的树叶的影子；在小肥羊餐馆等小肥羊端来时间里独自喝着啤酒看"得到"APP；闻一闻刚买回来的"阿索卡"棉质衬衫的气味和体味它的手感……其实所谓的"小确幸"，很大程度上就是对待生活的一种仪式感，以一种认真的态度从平平凡凡的生活中挖掘那些不易被发现的乐趣。村上说如果没有这种小确幸，人生只不过是干巴巴的沙漠而已。

电影《蒂凡尼的早餐》里，霍莉会穿着黑色小礼服，戴着假珠宝，在蒂凡尼精美的橱窗前，慢慢地将早餐吃完，可颂面包与热咖啡，宛若变成盛宴。这诗意的仪式感，让苍白的生活熠熠生辉。

《小森林》里，市子生活在故乡的小村庄，每天种植、收割和做食物。阴雨连绵的冬日用火炉的余温烤制温香软糯的面包，凉爽的秋天在收割之际捣好捡来的山核桃做一份香喷喷的核桃饭便当，酷暑当头的夏季就在忙完农活的傍晚做一锅冰镇的米酒。仪式感让平淡的生活生机盎然。

电影《小王子》有段狐狸与小王子的对话：你最好在每天相同的时间来，比如你在下午四点钟来，那么从三点钟起，我就开始感到幸福时间越临近，我就感到越幸福。到了四点钟我就会坐立不安，如果你随便什么时候来，我就不知道在什么时间准备我的心情。仪式能给我觉得某一天某一刻与众不同。

仪式感是什么？简单说它是人在仪式活动中产生的情感体验。作为美学或者感性学的一个概念，它的语义内容相当丰富，在古老的仪式活动面前会感受到一种凝重深沉的情绪状态，在宗教仪式的面前会体会神圣感恩的情怀，而在日常生活中的礼仪行为中往往体会到一种和谐、庄重、优雅之感。

仪式感说白了它是一种特别感和重视感。在人的情感与外在仪式的沟通中，内心和外在的世界相连接，我们通过仪式得以不断地暗示自己，从而让我们感受到自己的力量，产生一种可以掌控人生的情感体验。

为什么日常生活需要仪式感？那是因为人的一生其实并没有太多意义。在重重复复，匆匆忙忙，平淡无奇的日子中，我们要通过仪式感激发身体对外界感知的敏感度，努力让生活变得更有趣味些。如果没有一点仪式感，那生活就会像白开水一样无味。

所以我们要刻意用庄重认真的态度去对待生活里看似无趣的事情，一本正经认认真真地把事情做好，努力创造生活的乐趣。尽管有时候这种仪式感并不一定真正能给我们的生活带来乐趣，但起码我们可以证明，作为人，我们是在努力地生活着，而不是生存着。

在这仪式感的背后，其实折射的是对生活的热爱。生命太朴素，我们要为它增添色彩，活出人的尊严和价值。

现在你终于明白了，为什么你那么无趣？那是因为你的生活中少了一些仪式感。

所以，从现在起：

每隔一段时间，一个人去转角的咖啡店里喝杯极品蓝山，透过青色玻璃看行人行色匆匆；

每隔一段时间，一个人去疯长野草的河边发呆，斜躺在同一块石板上看蜻蜓翅膀的倒影；

每一天用手机拍一张黑白 16∶9 的照片；

每一天在睡觉之前把当天最重要的三件事情总结三分钟；

分手了也要好好吃个散伙饭；

每次约会前都要修整一下鼻毛；

考试那几天一定要穿着特别颜色的内衣；

有些饭菜必须要配冰镇可乐，其他都不行；

喜欢读的书一定要躺着才看；

……

总之花点心思在生活中增加一点小小的仪式感。

可能因此有些人会说你作。但，你不要怪他们，他们只是把生活过得太苟且。生活是你自己的，生活的意义全靠自己创造。王小波说：一个人只拥有此生此世是不够的，他还应该拥有诗意的世界。

最喜欢的事就是在一起

摘　要：努力找到一个双方都可接受的点，对你有利，对别人也有利，彼此融合。

关键词：零和竞争

前些日子，有同学跟我说，一个老师给他们传授职场葵花宝典：以后工作，你们要想办法搞领导的把柄，搞越多越好。只管偷偷收集不作声，等哪一天领导想收拾你，你眼睛一瞪从屁股后扯出麻袋哐当哐当就抖出几样破铜烂铁，一秒就能把领导震慑住。同学眉飞色舞，说这招可真酸爽呀。Get 到技能的喜悦荡漾在小红脸上。

几年前，也有一位朋友跟我诉苦说每天上班都心塞。原因是他的上司习惯性地和部下作对。部下一提意见，他就习惯性地先否定，根本不想想提的意见有无道理。

有点像旧时代的狗，一见到电线杆就要抬起腿，管它有没有尿。朋友说，这领导本质不坏，就是思路不太对。所以，在单位里，这位上司不太得部下的心，大家做事总是心不甘情不愿，很有抵触情绪。

部下搞领导，领导搞部下。好像职场就是一个斗兽场。但这是职场的所谓真相吗？

记得好多年前，校园，周末，有点南风，围着小石凳，一位退休的老者分享他的人生经验。他说能和自己对手和平相处几十年，这是他自我感觉比较有境界的事。一般情况下，对敌人，我们总是喜欢像秋风扫落叶。但对手未必是阶级敌人。对手更多时候是意味着竞争，而不是你死我活。

和竞争者和平相处，这是生活的智慧。就算是和你有过节的人，也要记住，不必睚眦必报，否则会弄得自己累。哪怕我们不喜欢，也给别人台阶和面子，这样我们会树敌少些，过得也开心些。这不是宽容别人，是宽容自己。老领导如是说。

心理学上分析人与人的关系形态，大致有七种：稳定、互补、互利、强制、障碍、冲突、封闭。稳定形态是人际关系发挥最好的状态，彼此信任和理解，彼此需要和吸引。只是这种关系可遇不可求。而封闭形态则是最糟糕的人际关系，彼此封锁对方，当对方是空气一般的存在。

人是群居动物，最喜欢的事就是在一起，如果两个人铁了心把对方拒绝在自己的世界之外，说明两个人的关系已经死了。

七种关系中，其实最值得提倡的是互利关系。这种关系不是太理想，也不是太差，主要是容易做到，也对人类的发展有好处。在这种形态中，双方交往频率不规则，也不需要感情作为基础，而是以互惠为原则。也就是说，此种形态，情感和吸引力不是内在的动力，驱动人们交往的动力是利益的驱求。尽管这样，在这种交往中，人们依然会相互尊重文明交往。

人与人会在这种互利形态中感觉到生活更多的惬意和安全感。但如果人的关系再往下滑，走向冲突形态，当然这个也容易做到，但这样的形态会让我们的生活绷得太紧，一不小心就会爆裂。

所以我更称赏老者的生活态度。这才是现代人应该有的思维模式。我们的老祖宗原始人在他们本能的反应中基本是"打或者逃"的模式，打或者逃，反抗或者忍受，成功或者失败，支持或者反对，你赢或者我赢。这是物质匮乏人性蒙昧时代弱肉强食你死我活的原始思维。

但今天时代已跟那时候完全不一样。能享受的物质多到眼花，人性也更高级不再像以前那样喜欢打打杀杀，而是更倾向于去追求更舒适安逸更美好的生活。因此，有零和竞争思维的人显然还没有足够进化。

连岳说：世界的进步是正和的，所有的人都可以不牺牲，所有人的处境都改善了，然后世界进步了。只有知道这点，一个人才不会傻乎乎地去追求牺牲。

你不会牺牲自己，也不用牺牲别人，世界依然会更好，自然你不需要对别人斗狠。所以人与人尽量不要对立，也不要冲突。哪怕当彼此有矛盾，努力要做的是去"协同"。

协同是指找到一个有效的解决方案，而不是陷入相互攻击的循环。简单地说，就是找到一个双方都可接受的点，对你有利，对别人也有利，彼此融合。

只要抛弃对立思维，双方都有好处的方案，大多时候也都可以找到。

在职场中，不用想着去抓领导的把柄，这并没有什么用。我们最应该做的是把自己的价值提升上来，让自己变得越来越有用。小时我们常被提醒要做一个有用的人，这个有用，说具体一点，就是对你身边的人有用，对领导有用。当你对领导有用，领导在大概率上没有必要收拾你，他用你还来不及呢。

不努力去做一个利他的人，却人为地为自己树立一个假想敌，实在是笨得很。这样教学生的老师，让人觉得面目可憎。

其实，不仅不用跟别人对立，自己跟自己也尽量不要对立。比如工作和享受人生不是泾渭分明的，但有时我们会把它们割裂开，"30 岁前全力拼搏，之后开始享受人生"，这其实并不是好的选择。好的选择应该是，一生不停止奋斗，但一生也都在享受 ing。

不知圣哥愿意收徒否

　　摘　要：这个世界上没有人喜欢听坏话而不喜欢听好话，如果有人说有，他撒谎。

　　关键词：尊重需求　沉睡效应

　　陆诗歌的妈妈有一天高兴地跟我说，陆诗歌这小子不错，懂得夸妈妈漂亮，而且奶声奶气说得很甜。由此她妈妈判断，这小子以后长大会比他哥哥更讨女孩子喜欢。他哥哥叫陆威五，今年9岁半，比陆诗歌大7岁，性格属内敛型，从来不会主动说妈妈漂亮。妈妈急了问他几次，他每次都慢条斯理地回答：一般吧。妈妈又问那妈妈煮的饭菜好吃吧？陆威五还是不紧不慢地回答：还可以吧。妈妈怼他：你说非常漂亮，非常好吃会死人吗？陆威五笑眯眯回答：不会死。

　　其实之前的一段时间，我是定了一条家规的：要主动跟人打招呼，主动表扬别人。这条家规针对的就是陆威五。只要他能主动跟别人打招呼主动表扬别人包括家里人，都可以得到相应的分数。分数累加到一定程度可以兑换现金或礼物。刚开始，为得到礼物，陆威五还会有所表现，久之则又"淡定"如初。看来"江山易改本性难移"所言不虚。

　　但我总还是希望他能有改观。于是找机会不断提醒他。叫他夸我写字好看照相水平高之类。陆威五也一一按照我的要求重复发言。但却是一副应付模样。我怼他：真诚一点嘛，还想不想跟我拿手机玩游戏？他这才打起精神感情稍稍丰沛地夸一下下。

　　我把"赞美别人"当作家规，是真心觉得这事很重要，是人生当中最应该掌握的技能。人活在各种关系当中，其中人际关系是最重要的一种。良好的人际关系对于人生的帮助我在之前的文章中已谈到，这里不再重复。我想说的是要想人际关系好，就要懂得尽量去满足对方的需求。别人为什么要跟你好？是因为他在你这里得到满足嘛。如果他跟你交往，啥都没得到，那你有什么理由要他对你好兄弟好姐妹？我们从小被教育要做一个有用的人、有价值的人。这个有用和有价值具体地说就是要对身边的人有用处。没用的人都是不被人待见的。

人有各种各样的需求，包括物质和精神。马斯洛说人有五大需求，生理的、安全的、社交的、尊重的、自我实现的。这五大欲望是人都会有的，而且它们是递进的关系，比如说尊重的需求就要比安全的需求更高级。尊重需求既包括对成就或自我价值的个人感觉，也包括他人对自己的认可、尊重与信赖。人人都希望自己有稳定的社会地位，希望个人的能力和成就得到社会的承认。哪怕处在极小的天地里，每个人内心里仍然认为自己是小天地里的重要人物。马斯洛认为，尊重需求得到满足，能使人对自己充满信心，对社会满腔热情，体验到自己活着的用处。

而要满足他人的尊重需求，最简单快捷也最有效的方法是恰如其分地赞美对方。美国哲学家约翰·杜威说："人类最深刻的冲力是做一位重要人物，因为重要的人物常常能得到别人的赞美。"可以说喜欢听好话、受赞美是人的天性，甚至你说它是人性的弱点都可以。心理学家威廉·詹姆斯说："人性中最本质的愿望就是希望得到赞美。"罗辑思维的 CEO 脱不花也说："这个世界上没有人喜欢听坏话而不喜欢听好话，如果有人说有，他撒谎。"而我的朋友李常应老师也说过："是人都不会拒绝两样东西，合理的金钱和得体的赞美。"每个人都希望受到周围人的称赞，希望自己被认可。每个人都会因受到社会或他人的赞美，使得自尊心和荣誉感达到满足。而社会交换理论告诉我们：人与人之间的关系本质上是一种社会交换，这种交换既包括物质的交换也包括非物质的交换。当他人得到我们的积极对待时，他人往往也倾向于回报积极的对待。因此每个人都会在别人赞美中感觉心旷神怡的同时，对赞美者产生亲切感，甚至如遇知音感，彼此间的心理距离会缩短再缩短。

尊重的需求对一个人来说格外重要。但你会发现要满足别人的尊重需求从你的角度发力其实并不难。无非就是积极去赞美对方。不用你去掏钱请客，也不用你去扛砖头帮人家做事。你只需要稍稍留心，挖掘别人的优点然后及时地得体地把它说出来。就这么简单，你就可以满足别人的需求。而且是高级的需求。有一个同学跟我说：以前挺看不惯一个同学的，但后来她夸了我几次，从那以后，我无论如何都对她讨厌不起来了。可以说赞美别人是人际关系管理中最轻资产的投资。从商业的角度说是投入最少赚得最多的买卖。

这么重要的事情，做起来难度却不大，那为什么不多做呢？我身边就有人很懂赞美别人，比如圣哥。圣哥是学校的老师，现在去北大读博。他喜欢赞美别人，特别是女孩子。有一次我在旁边听她夸一个漂亮女孩：哟，我发现你好奇葩呀，在我的认知当中漂亮的女孩子一般都写不出好文章，没想到你这么漂亮却还把材料弄得这么棒，真是想不通……我从中观察，那女孩先是一愣，继而笑成一朵花。圣哥也不放过对我进行赞美，而且有时还是在背后赞美。有一次我们学院的领导就跟我说：农圣说最喜欢接你的电话了，每次都声音洪亮界面友好，好像随时有好事情要发生，满满正能量……作为一名普通人，老实说圣哥这么背后一小夸，我内心还是不禁荡漾一下。最近一次则夸得火力全开。学校在接受教学评估时，我的课被专家抽中。在专家听课后的反馈中我有幸得到肯定。远在北京的圣哥马上对我实施赞美：你是拯救学校的人。这高帽我戴的是战战兢兢。我明明知道圣哥夸得太过火，但却就是讨厌不起来。而且随着时间推移，那种惶恐感渐渐没有，记得的只是：你上课上得真 TMD 好。

说到这里顺便带出一个叫作"沉睡效应"的心理学概念。心理学家们发现无论什么信息，它的可信度都会随着时间的推移而改变，这就是心理学上的语言沉睡效应，具体来说就是人在接受某一条信息之后，随时间的推移，记忆里面只留下信息的内容，围绕信息的其他信息则会逐渐淡化。比如一个男孩多次赞美一个女孩。随着时间推移，当女孩回想起男孩的赞美时，男孩浮夸的表情、不恰当的表达方式等信息都会被遗忘，而留在女孩记忆里的"你美若天仙""你真是太可爱了"等核心词语却清晰无比。每当她想到自己的形象，她就想起这些赞美并深深陶醉。至于这些赞美的真实性和可靠性，她已经忘记。对此有心理学家这样解释：人脑会对信息进行过滤，人往往都能记住那些自己爱听的信息，而且人的潜意识会按自己的逻辑把信息合理化，这也会导致信息的失真。这个沉睡效应给我们的启示就是：尽管赞美别人最好是恰如其分，但放开胆子去夸人，夸而又夸反复赞美，哪怕有些言过其实也没多大关系。不要担心别人误会，别人最终能记得的只会是那些美好的词汇和美好的你。

我有一个想法，想让五哥好好跟圣哥学习。不知圣哥愿意收徒否。@北京。

世界上最赔本的买卖

摘　要：世界上1%的人是吃小亏而占大便宜，而99%的人是占小便宜吃大亏。大多数成功人士都源于那1%。

关键词：社会化失败　隐性成本

陆威五上学的学校离家较远，所以他妈妈得每天接送。那天因为妈妈单位有事，临时换我这个爸爸去接他放学。上车后，威五同学从后座往前不出声地递给我一个饼干。我说声谢谢五哥然后高兴地接过来放进嘴巴。随口又问一句：这饼好吃，早上从家里带去学校没吃完的吗？五哥说：哪里呀，是×××给我的。我又问；他干吗要给你？五哥答：他经常给我好吃的。我一听感觉有点不太对。我跟五哥商量：这样吧，以后你也带点去，你们互相分享一下，不要总是吃别人的。另外，别人的东西还是少拿才好。五哥听不太明白问我为什么？一下子我也说不清，就跟他说：这是我们家的家规，不能占别人的便宜。五哥更加糊涂。他辩解：我没有占别人便宜呀，是他主动给我的。我说：好吧，那还是要克制一下。老吃别人的东西总是不好。

之前我曾定过一个家规：要主动打招呼，主动表扬别人。为贯彻这个家规，我还出台相应政策：每次五哥主动表扬别人，就可相应地积分，分数累积到一定程度可以兑换现金或买礼物。但把不占别人便宜当作家规，其实是这次接五哥的路上临时想出来的。我觉得不占别人便宜也非常重要。爱占便宜的人往往要吃大亏的。而我希望五哥的人生能走得相对顺利一些。

占有欲是人天赋的自然本能。就像动物喜欢囤积食物，人遇到能占有的东西也希望据为己有，甚至不管这个东西是否有用自己是否喜欢，总之先占再说。但人是社会人，身处社会，生存的规则决定了人必须要互相妥协，互相分享。毕竟人人都去占别人便宜的社会最终不仅是谁都占不到便宜，而且还会把人类自己给毁灭掉。所谓社会化，便是克制自己原始的占有欲望的过程。通过克制自己的欲望，理性地与他人和谐相处从而更好地保全自己。因此当人意识到有可能可以将什么东西放进口袋时，一场角斗便悄然开始：原始的占有欲望 VS 社会的交往规则。这样的 PK 很多时候难分输赢。

也就是前些日子。我去给学生上课，见到讲台上放有一排新的 5 号电池。我当时的第一个反应是：真巧，早上刮胡须电池刚好没电了，一下拿两粒回去替换。但接下来我马上意识到自己有问题。这个电池是你的吗？这样占有合适吗？后来下课时，我刻意地去把那一排电池从讲台的角落捡起来恭恭敬敬地摆放在讲台中央后过离开。借这个仪式提醒自己以后不要再有这样的想法。

可是以后我一定就不会有占便宜的想法了吗。我心里没有底。毕竟与人的天性搏斗不容易。但人的可贵之处在于会反省并在反思中进步，尽管这种进步不是直线上升而是螺旋上升。但生活当中总还是有一些人在搏斗中频频失败。这类人也就是我们常说的爱占便宜。从心理学的角度讲，这类人没有完成或者没有充分完成社会化的过程，他们是"社会化失败"的产物。

由于社会化失败，这类人的人生一般好不到哪。有一句说：世界上 1% 的人是吃小亏而占大便宜，而 99% 的人是占小便宜吃大亏。大多数成功人士都源于那 1%。我不能确定是不是有 99% 的爱占便宜，也不敢肯定不占便宜甚至还愿意吃小亏的人一定会成功。但我相信占便宜吃大亏，是大概率的事。不占便宜人生少掉坑，也是大概率的事。

五哥的外婆前阵子在百色的菜市买菜，路过一个水果摊，见广告写着：葡萄 1.8 元/斤。觉得异常便宜，不禁停下来称几斤。要付钱时双方争执，果贩把广告牌翻过来，背面写着葡萄 4.8 元/斤。果贩说这么好的果怎么可能 1.8 元一斤，那是前面处理的烂果，现在你买的是好果，你就得付这个钱。外婆说果贩子长得凶，说话又恶，而且吵吵闹闹也不好，只能按果贩子说的价付钱。但回到家外婆自己怄气了小半天。买便宜果受罪算小事。生活中我们痛恨的那些诈骗犯，他们有部分手段就是利用人爱占便宜的心理抛出诱饵，引你进坑，然后围猎。一些大学生因此连学费、伙食费都给填进去，这样的损失可谓大。

除了这些显性的代价。占便宜还会导致更严重的隐性代价。经济学上把成本分为显性成本和隐性成本。隐性成本指的是一种隐藏于经济组织总成本之中，游离于财务监督之外的成本。是由于经济主体的行为而有意或者无意造成的具有一定隐蔽性的将来成本和转移成本，是成本的将来时态和转嫁的成本形态的总和。比如时间成本、机会成本，这些都是隐性成本。而占便宜付出的最大隐性成本是：人际关系损害和注意力涣散。

美国社会心理学泰斗霍曼斯说："人际关系是一种互惠关系，是物质与非物质的一种交换。如果收益与代价大概平衡，人际互动就得以维持；相反，如二者不平衡则人际互动难以维持。"

也就是说，在人际关系中，人们总是希望交换是公平的，否则就不值得交换，人际关系也就不值得维系。因此当你占他人的便宜累加到一定时候，量变到质变，别人对你就会敬而远之，不愿再跟你打交道。更要命的是，当你被打上"爱占便宜"的标签，从没有和你打过交道的人也会提防你。通俗说，他们都不跟你玩了。当没有人陪你玩，没人带你玩，你也基本玩完。高度分工的现代社会，一个人基本玩不转世界。人作为唯一有情感的动物，没有良好人际关系的加持，人生的幸福指数也基本不高。

在北大读博的圣哥说：注意力也是财富。这句话的起因是前几天我转了一篇垃圾文章到群里，被圣哥批评，他提醒我以后不要转这类文章进来，浪费读者的生命也是罪。然后他强调注意力也是财富。我觉得圣哥说得好有道理，立马发一个红包给他赔罪。现代心理学研究显示，人的注意力是有限的。每天能够高度集中起来的注意力大约只有 5 个小时左右。所以一个人把这一丢丢有限的注意力放在哪里，可以看出一个人的格局。爱占便宜的人，整天想着如何把单位报纸驮出去卖废品赚小钱，想着怎样把洗手间的手纸顺回家，想着如何钻咖啡厅免费无限续杯的空子，比如就买一个杯子三个人轮流喝……用尽心思其实不过鸡毛蒜皮。一个人心里装小东西太多，往往装不下大目标。注意力都放在芝麻绿豆上，人生的甜西瓜往往尝不到。再说了，世人爱占便宜的人那么多，你也拼命占，占了同好们的好处，这样很容易招同好们的嫉恨甚至报复。另一方面也让那些有大格局人看不起。毕竟人以群分。

出来占，总是要还的。占便宜其实是最赔本的买卖。没有谁会喜欢爱占便宜的人。而这些人注定要过平庸的人生。

也是在那次接五哥的路上，我问五哥：如果见到地上有一张 100 元的人民币，你捡不捡？五哥反问我：你说呢？

我说：不捡。

不要孤独一生

摘　要： 你怎样对待别人，别人就怎样对待你。

关键词： 人际关系

老陆带的班2017年6月下旬毕业了。同学们穿上学士服，凹凸各种造型，最后一帮人把帽子使劲地往天上扔。帽子在天上划过抛物线的时候意味着各奔东西的时刻到了。毕业季，永远是一样的套路。

老师们对这样的景象习以为常。铁打的营盘流水的兵，一样的年龄一样的面孔一样的笑脸，几乎没有任何的变化，所以会麻木地以为今年这帮人也就是去年那帮人也还是前年那帮人。并没有什么不同吧，好像。也因为这样，好多老师们有时会以为自己那么多年了也从没变过也还依旧那样年轻（老陆就是其中之一）。

直到某些日子，学校突然出现一群四面八方赶回来的同学，穿同样的T恤，后背统一印着"十年"字样，你悄无声息地从他们旁边绕过去，他们叽叽喳喳地忙着拉拉扯扯地照相，你以为你没打扰到他们。突然却有一个高八度的声音"××老师"撞了你的耳朵，吓你一跳。紧接着就有一个胖乎乎的人影冲到面前，妩媚地笑：××老师，还记得我吗，我是×××呀。你根本不敢茫然，赶快点油门，启动大脑。然后好像听到自己大脑高速运转发出的哔哔哔电流声。你记起来了，他（她）是某某某。不过模样像是经过了快速发酵，突然变成一个圆桶。你记得昨天明明还是竹竿的。只有这样的时刻，你才会在错愕当中回过神来，岁月可谓残酷至极，当年的学生都这样长"残"了，自己还会丝毫没有变化吗？

不过在稍后的日子里，想起这样的圆桶学生，老师的嘴角通常会荡漾出笑意。他们的热情确实感染到了你。一届又一届的学生，不会有太多人记得你，更不会有多少人主动地冲到你面前来与你诉衷肠。在老师们的定义里，这样的学生就是好学生。甚至有老师跟我说，判断一个学生以后是否有出息，就看他迎面和老师相遇的时候的表现方式。有出息的学生是主动迎上来很有礼貌地跟你问好。而另外一些学生则会故意低头玩手机装没看见，甚至有些会绕着弯走。这些不愿意和别人打交道的学生以后发展都不咋地。这个观点有无道理？

在科学研究上应该说美国人十分较真。而我们中国人好像草率了点。起码我发现身边好多人是这样的：发个问卷，做一个统计，然后就整出一个结论来。显得很快餐。而美国人研究一个问题有时会花上几年甚至几十年。下面这个例子就是。1938年，哈佛大学开展了史上对成人发展研究最长的一次研究项目。这个研究持续了79年，至今还在继续中。他们跟踪记录了724位男性，从少年到老年，年复一年地询问和记载他们的工作、生活和健康状况等。

时间跨度如此长的研究一般都做不成，他们常常会遇到受测者中途退出、研究经费不足、研究员研究重心转移或死亡而无人接手等问题。但是这项研究竟然奇迹地坚持下来！原先的724名受测者中，好多人已过世，还活着的也都已经90多岁了。

2015年11月，第四任负责此项目的主管、哈佛大学医学院教授Robert Waldinger介绍了他们的研究成果。这批人可谓"史上被研究得最透彻的一群小白鼠"，他们经历了二战、经济萧条、经济复苏、金融海啸，他们结婚、离婚、升职、当选、失败、东山再起、一蹶不振，有人顺利退休安度晚年，有人自毁健康早早夭亡。在70多年的时间里，这些年轻人长大成人，进入社会各个阶层。成为工人、律师、砖匠、医生，有人成为酒鬼，有人患了精神分裂。有人从社会最底层一路青云直上，也有人恰相反，掉落云端。那么，这70年来、几十万页的访谈资料与医疗记录，究竟带给我们什么样的研究结果与启发？到底什么样的人生是我们想要的？如何才能健康幸福地生活？

Robert Waldinger教授总结成一句话：好的人际关系能让我们过得开心、幸福。

研究发现，那些跟家庭成员更亲近的人、更爱与朋友邻居交往的人，会比那些不善交际离群索居的人，更快乐、更健康、更长寿。有一首歌叫作《孤独的人是可耻的》，其实孤独的人并不只是可耻的，而是孤独有害健康。

人与人的关系即人际关系。它的实质是人与人的心理关系，即彼此间心理上的距离。两个人的关系是亲密或疏远，由心理距离的远近决定。好的人际关系一方面让人心情舒畅促进身心健康和生活质量。另一方面好的人际关系能促进团队内聚力和提升效率，促进自我发展和完善。反过来，不好的人际关系则带来相反的结果。

新东方的俞敏洪在谈到年轻人在职场中应该具备的能力中就明白地指出，年轻人必须有合群能力。毕竟大家都不是独立的创作者，也不是一个闭门造车的人，而是在一个公司共同工作，这样人与人之间的关系就变得非常重要。如果一个员工比较合群，也能与同事协调沟通得非常顺畅，他实际上是在为企业创造价值，能够大幅提升企业的效率。一个不合群、自行其是或者自以为是的人，常常会变成企业发展中的绊脚石，原则上这样的人应该被开除。

综上所述，我们大体可以得出结论：好的人际关系可以让我们身体更健康，让我们生活更快乐，让我们工作更有成就也更幸福。而不是之前总是被灌输的好的成绩、好的工作、好多的财富才是开心幸福之源。

人际关系中一个基本行为模式是：一方表示积极的行为会引起另一方相应的积极行为；一方做出消极的行为，另一方也会做出消极的反应。简单说就是你怎样对待别人，别人就怎样对待你。

老陆当班主任四年，现在学生已全部走上了工作岗位，今天特意写这篇文章，想对他们再啰唆一点：在江湖中你是小虾米，你们的优势是精力旺盛，你们的不足是经验匮乏。所以一要对同事们好点，这样当你因为经验不足犯错误时，同事们也会原谅你而不是揪住不放。二要多帮同事的忙，不要吝啬你们的体力，因为这是你们最不缺的。用自己的精力努力去换取别人的经验是最划算的，是成长的捷径。那些总是觉得一付出就吃亏，习惯性拒绝请求的人，最终只会孤独一生。

你所有的力量

摘　要：世上没有绝望的处境，只有对处境绝望的人。
关键词：需要理论

高老师是个学术狂人，不爱吃肉，不爱逛街，每天最喜欢静静地做研究，直到深夜。他常说的一句话是：时间总是不够用。每一次听得老陆都想死，这么争分夺秒的人都还觉得时间不够，像我们这样天天虚掷光阴的人该拖出去咔嚓掉了。但我发现，当有人找高老师请教学术方面的问题时，高老师会放下手头工作，极其耐心地和请教者一起探讨切磋，有时一个下午就这样过去了。有一次，这样的讨论过后，我忍不住问高老师，这样不觉得浪费时间吗？高老师说，没有呀，我这样帮他们解答，一方面我开心，另一方面我自己在解答过程中对这个问题的认识也更加系统和完整，实际上我也在进步当中。

其实很多时候我们羞于开口请人帮忙。其中很重要的一个原因是求助别人意味着承认自己不够完美，会担心别人觉得自己能力不足。同时也担心被别人拒绝，从而让自己难堪。这种心理可以从马斯洛的需要理论当中找到答案。人有各种各样的需要，其中尊重需要是非常重要的一种，每个人都希望自己能得到别人的尊重，在别人的心目中有较高的位置。所以请人帮忙，一怕别人看低自己，二更怕别人拒绝伤了自己的自尊心。

这样的心理比较普遍，也可以理解。但万事不求人在现实社会中却是难以做到的，也不应该提倡。

人与人的能力不一样，人与人拥有的资源也不一样。现在社会的分工日益精细化，指望自己样样精通，样样做得来，不仅不现实，而且还很愚蠢。我们只要把自己擅长的一两个领域做透就可以，其他的方面，我们可以请别人帮忙。

因为有时候一件你认为很难的事，可能在别人那里却是小事一桩。你有时花了很多时间想做好某件事，别人可能只需要几分钟。所以为了把事做好，为了提高效率，为了做更多的事，请人帮忙这种技能要掌握。

有一个很有名的故事叫《男孩与顽石》，讲的是一个阳光明媚的下午，一个五岁的小男孩独自在花园的沙坑玩。他用手将沙堆成他想象的城堡，当他堆到沙坑左边的时候，被一块大石头挡住了，如果绕过石头来堆城堡，那么，城堡形状会很难看。于是，孩子选择把石头搬开，他先试着用手抬，因为石头太大，他无法把石头搬走，他又从花园里找来一根木棒做杠杆，这次不仅没有搬走石头，反而被石头砸了脚，孩子没有放弃，揉了揉脚继续用自己能够想到的方法搬石头，但无论怎样用力，都没有移走石头。最后，孩子筋疲力尽，一身的汗，终于放弃了搬石头，一屁股坐在沙堆上哭了起来。

父亲走了过来，亲切地对孩子说："儿子，你为什么不用尽你所有的力量呢？"

小男孩很委屈："我已经很尽力了"。

"儿子，你没有用尽你所有的力量，你还没有叫我来帮忙呢？"

说着，父亲走下沙坑，把石头抱起，丢到沙坑外。

父亲接着对孩子说："你看，爸爸不是很容易就把石头抱出了沙坑吗？你的力量，不仅有你自己的力量，还有你可以寻求到的所有能够给予帮助的那部分力量，这两种力量的总和，才是你所有的力量。"

的确是这样的，人生路上，会遇到许多困难和挫折，成功的关键是要用尽自己所有的资源和力量，包括获得别人的帮助。

所以，牺牲那么一点点自尊心并不是什么大事，与得到别人的帮助相比，它甚至微不足道。首先我们承认自己不完美（其实也没有谁完美）。其次我们承认我们做不来。接下来，放下我们的骄傲（骄傲是寻求帮助的大敌），去寻找帮助。回到前面讲的高老师，那些找他帮忙的人都得到他热忱的帮助，这是很美好的事情。更重要的高老师在帮别人的过程中也享受到了乐趣。其实被别人需要，也是开心的事，因为他一来满足了自身社交的需要，二来也满足了尊重的需要，被别人请求，确实会让人感受到尊重。

在寻找帮助的过程中，我们要注意几点。

（一）寻求帮助并不丢脸

不要自卑地说"你比我强"，这是弱者的思维，不值得提倡。你应该心怀感激地说："我们可以互相帮助"。在人格上与他人越平等，别人越愿意帮忙。

你在某些方面越有能力，别人也越愿意帮忙。人们喜欢帮有用的人，而不是一个一无是处的家伙。

（二）在请求帮助之前，先掂量自己是否已经用尽自身内部的力量

如果我们都不曾努力过，一有问题就只会找别人帮忙，这样的事做多了，你不单没有长进，还会让人生厌。人们愿意帮一个努力向上的人，而不是懒汉。

（三）不是样样都要找人帮助

比如借钱这样的事。其实这世界上谁都缺钱，那些你眼中所谓的有钱人可能大多比你还要缺钱，只是你不知道而已，所以就不要勉为其难了。比如向别人借车，这个车不是指单车，指的是机动车，你借别人的机动机，万一出事了，借给你车的人是要承担责任的，这种给帮忙者带来风险的事还是少做。比如请别人在朋友圈点赞，这样的忙也不要请求了，帮这样的忙没多大意义，那些所谓集赞送的礼物基本不值几文钱，请人帮忙只会让对方觉得自己也无聊。我们请人帮的忙最好能体现双方的价值，比如一个问题上的出谋献策，一些困境当中的雪中送炭等等。

（四）找到能帮助你的人

不同的事情要找不同的人帮忙，你要找对的人。另外，有些人虽然有能力帮忙，但不一定愿意帮忙，所以你要找到愿意帮忙的人。有一个小技巧，你静心想一下，平时哪些人最热心帮你，你就继续找他们帮忙，他们一般都不会拒绝。这叫"继续承诺"。但是，你曾经帮过忙的人，你去找，却不一定能得到帮助。"知恩图报"终究是小概率的事。

（五）要记得感谢帮助你的人

他们值得你感谢。每个人的时间都是宝贵的。他们能挤出他们的时间显示出他们很有同情心，并且关心你。至少你需要发自内心说一声"谢谢"。他们看重这份感谢，下次还会继续帮你的。表达感谢最好的方式是以"帮助他人"的方式回报。如果他们需要帮忙了，立马提供帮助。如果不需要，准备好吧，总会有那么一天的。

买进你同学的 10%

摘　要：趋利避害是人类行为的基本原则，人们在互动中倾向于付出少少，得到多多。

关键词：社会交换

蓝妮长得平凡，交了一个很帅的男朋友，闺蜜调侃其睡到男神了。前阵子蓝妮和帅男友去旅行，回来之后很痛快地分手，是蓝妮主动提出的，用她的话说这男人看着还可以，用来过日子不靠谱。帅男友完全没有时间观念，出发时磨磨叽叽结果误过了动车时间点，只得另外买票。旅行回来，男友一打开行李包，发现旅途中买的纪念品竟然落在宾馆忘记带回来。这其实不是分手最主要的原因。在丽江那晚，蓝妮大姨妈来不舒服想在宾馆里休息，却被帅男友生拉去酒吧。喝了点酒，男友胆肥竟去撩拨旁桌一个不认识的女孩子，完全忽视一边默默不出声的蓝妮。蓝妮说那一刻决心就下了，回来马上分，绝不含糊。这样的男神谁爱睡谁睡，她不要。

A 男是系里的学生干部，平日喜欢穿白衬衣和西裤，公开场合还会系上领带。这个模样让他和那些总是穿牛仔裤加 T 恤的小屁孩同学拉开好几条街。A 男走到哪都喜欢拎明晃晃的手提包，包里有一支限量版的百乐钢笔。小 A 说：这支笔 1000 多，签个字出墨均匀顺畅还马马虎虎，那种几块钱的中性笔太烂他是不敢用。小 A 喜欢喝两杯也喜欢吹，他说自己的家族企业生意做到东南亚，自己虽然在学校，但闲不住也玩些金融。所以他不时跟同学借点钱，说是手头临时紧。直到一天高利贷公司的打手们追到宿舍，那些借钱给小 A 的同学才发现自己的同学原来这样不靠谱。

我的微信里有好几个群，有些群大家喜欢没事发红包。某个群的某个小伙子抢红包最积极，只要发红包，一般他都可以抢到。他自己偶尔也发红包，但大多是半夜三更才发，发的金额会高些，但发完之后，自己赶快抢，因为每回都是发一个红包，他自己抢完，别人自然抢不到。有时人多时，他也发，但一毛钱能分成十个红包发。更过分的是有时自己发一个微信红包就一毛钱，他自己又抢，抢到之后还洋洋得意。这样做多了，后面他再发红包，一般我看一眼，就默默换屏。这是一个不靠谱的人，我这样认为。

搞自媒体的明哥跟我说过一件事。他们自媒体团队总共有几十号人，其中有一小女孩是刚进来不久的，不太起眼，平日里也是安安静静。有一次很晚了接到一个出稿的紧急任务，明哥在群里点了将，结果连点几个都碰壁，毕竟是周末，而且又是晚上，小将们不受令也情有可原。在明哥彷徨无奈之际，这个小女孩在群里发出一个害羞的笑脸表情，诚恳地说：如果有这样的机会，她愿意试试。明哥说之前他从来没有想到过要安排这个任务给这个小孩子，所以他当时的反应真的是一愣。后来这个小女孩在规定的时间把稿子赶了出来，而且质量还不错。再后来，明哥说，那些关键的任务他都喜欢找这个女孩。用明哥的话说，这个女孩靠谱。

什么是靠谱？靠谱表示可靠，值得相信和托付的意思。有个学生问股神巴菲特：一个人最重要的品质是什么？巴菲特没有正面回答这个问题，而是讲了一个小游戏，名为：买进你同学的10%。

巴菲特说：现在给你们一个买进你某个同学10%股份的权利，直到他的生命结束。你愿意买进哪个同学余生的10%？最聪明的那个？精力最充沛的那个？"官二代"或者"富二代"？可能都不是。当你经过仔细思考之后，你可能会选择那个最能实现他人利益的人，那个慷慨、诚实，会把功劳分予他人的人。巴菲特是个商人，他直接用经济回报来对一个人进行评价。这很势利，但却现实。

有一个美国人叫霍曼斯，他提出一个叫"社会交换"的理论，这个理论认为推动社会交往的力量是"自我利益"，趋利避害是人类行为的基本原则，人们在互动中倾向于付出少少，得到多多。所以那些能够给我们提供最多报酬的人就是对我们吸引力最大的人。这些报酬包括爱、钱、地位、信息、物、服务……

因此，在人际交往中，要使对方承认自己，愿意与自己交往，就必须向对方证明自己也是一个有吸引力的人，表明与自己交往也能从中得到报酬。如果能成功地做到这一点，对方接受了你，交往行为就会随之发生。反之一个不能给他人带来回报的人，人们是不愿意与之交往的。

　　人是社会的动物，活在各种关系之中。在所有应该具备的品质当中，靠谱无疑是非常重要的一种品质。一个人靠谱，不仅意味着他有能力给予别人报酬，而且还意味着他愿意付出这种报酬，两者不可缺一。

　　才粗学浅的人是不靠谱的。哪怕你承诺将来要给你喜欢的姑娘过上公主般的生活。但这话听起来更像是笑话。就像孔子对子路说，空手去打虎的人是不可以相信的。

　　没有时间观念的人也是不靠谱的。连时间这种人世间最珍贵的东西他都不会好好珍惜，好好管理，你还能指望他做好别的什么事呢。

　　爱吹嘘的人是不靠谱的。口才好又有能力的人是存在的。但更多的爱吹嘘的人是因为身上实在没有别的东西去博得别人的掌声，因此只好靠吹嘘了。

　　然而就算一个人有聪明有能耐，但也未必是靠谱之人。如果他有能力，却不愿给予，那也是不靠谱的。比如那些斤斤计较的人，那些宁可把糖果压在箱底让它发烂也不愿意拿出来分享的人，那些只要有请求帮忙就马上会问有什么好处或者推三推四的人，那些爱贪小便宜的人，这些人都是不靠谱的。要么你少和他们交往，要么你要有思想准备，他们出现在你的人生当中，其实只是来给你添堵的。

　　孔子说：盼望有那么一天，年幼的人们都能够得到关怀，所有的老者在晚年都能得到很好的安顿，朋友之间都能够相互信任。孔夫子盼望了两千五百多年，可是今天不靠谱的朋友和战友还是太多。

乌比冈湖小镇上的人们

摘　要：愚蠢的人总是自信满满，而聪明的人充满疑问。

关键词：乌比冈湖效应　达克效应

去出差，同去的还有另外一个人。半夜下飞机按照地址打的到住宿的地方。因为不通这个小国的语言，所以司机送到目的地附近时有些犯糊涂。同行的人就嚷嚷开了，说走错路了，一定是走错路了。我说这是按地址找过来的呀。但同行十分肯定，说有十分的把握是走错了路，并且还煞有其事地指出正确去处。结果按同行的意思改道，兜转了一大圈发现最初司机送到的地方是对的。

我认识一个新司机，开车很猛。在我面前说，他有开车的悟性，驾龄不长虽然只有一年多，但技术可以和十几年的老司机比。我这是达到人车合一的境界了——他还特别强调。但前些天，我听另外认识的一个人跟我说，这个家伙开车撞翻了正常走路的行人，现在惹上了麻烦。

我在学校工作，身边都是年轻人。年轻人喜欢拍自拍。然后也听到他们发牢骚，说某某某把自己拍得丑死了，所以最保险的还是自拍。在他们看来，真实的自己应该是比别人镜头里的自己好得多。

美国幽默作家盖瑞森·凯勒曾经在电台主持过一个很受欢迎的栏目叫作News from Lake Wobegone，就是每周向听众们报道一周来他的故乡"乌比冈湖小镇"发生的趣事。其实这个草原小镇只是虚构的，在现实中并不存在。根据凯勒的描述，乌比冈湖小镇位于明尼苏达州的中心，那里所有的女人都很好强，所有的男人都很好看，所有的孩子都不同凡响。但听过几次节目大家都知道，小镇上各种可笑的事情层出不穷，也就是说小镇上的人们其实也没有聪明到哪去。虽然是用开玩笑的口吻写，但凯勒的描述反映了一个重要的心理学原理，现在被称为"乌比冈湖效应"。乌比冈湖效应意思是高估自己的实际水平，指人给自己的许多方面打分往往高过实际水平。用另一种通俗的说法，就是自我拉抬偏差。

自我感觉良好是人类普遍存在的心理倾向。有学者研究认为这是人类进化出来的自我保护的一种手段，自我感觉良好有利于提高人的自信，提高自己的心理舒适感。另外，在远古，生存条件恶劣，吃了上顿没下顿，彼此还经常厮杀。因此无论是出于自我生存的需要，还是维持自己在一个群体中的位置的需要，必然要对自己的能力进行高估，要自大和冒险，让自己显得强壮一些才有可能生存。久之，这沉淀成了人类的一种心理倾向。还有学者分析说这有可能是因为你表现好的时候，大家都夸奖你，你表现不好的时候，大家默不作声。由于得不到正确的负面反馈，人们的心理就自然趋于这种自我膨胀的评价了。

但在实际的学习工作生活中，你还会发现，除了会遇到一些自我感觉良好，比如自认为聪明、幽默、能力很强，实际却不过尔尔的人之外，你也会遇到一些真正厉害却总是显得非常谦虚的人。这个时候乌比冈湖效应就有些说不通了。

我们需要用"达克效应"来解释才行。达克效应指的是"越差越牛逼，越强越谦虚"的现象。老陆觉得达克效应是乌比冈湖效应的进化版。

杜宁与克鲁格两位大学教授做了一系列实验，发现能力不强的人倾向于高估自己的能力水平。他们对自己无知这件事本身的无知使他们因而沉浸于虚幻的优越感中，以为自己比大多数人都优秀。在关键的最终测试中，两位教授对在逻辑推理中表现较差的一组人进行了能力培训，结果，随着逻辑推理能力的提高，他们自我评价的能力也随之提高了。由此，两位教授认为，让人们认识到自己无知或能力低下的方法之一，就是先提高他们的知识水平和能力。这种现象后来由两位研究者的名字命名为达克效应。

对于实验的结果，两位教授的解释是，能力高低会影响自我认知。一个人只有真的具备某种能力，才有办法对自己是否掌握这种能力做出精确的评估。所以那些不具备能力的人，因为不了解这个能力究竟是怎么回事，也就无法认识到自己的欠缺。

无知者无畏、初生牛犊不怕虎这些个错误认知来源于这些低水平的人不能够辨别自身的不足，认识到自己的错误，反而自认为牛叉。相反能力越强、学识越渊博的人，往往虚怀若谷，因为知识越丰富，越感受到知识的海洋广袤无边，越感觉到自己的渺小与无知，更容易认识到每个人，包括自己在内，都是会犯错误的。他们明白有很多自己不知道的信息，想不到的情况。所以他们做决定更会留有余地。更会聆听别人的想法。

最后总结：高估自己是人类的一种普遍的心理倾向。要摆脱这种认知偏差，就要不断地提升自己的认知能力。只有越有能力才会变得越谦虚，而那些无知的人往往牛叉上天。

很多时候我们只是宋兵甲

摘 要：认识自己的平凡，或许是最大的不平凡

关键词：焦点效应

周星驰是老陆喜欢的一个演员，在成名之前有过多年跑龙套的日子。现在回忆那段平凡的历史，让大家反复提到的是，1983版《射雕英雄传》中周星驰饰演一名士兵，在一场戏中，要被梅超风一掌打死。演出前，他主动跟导演商量："我可不可以用手挡一下，第二掌再死。"导演眼睛一瞪："浪费时间。"这个士兵没有名字，用甲代称。后来有人研究称，周星驰演的不是宋兵甲，而是宋兵乙，并截图演员表为证。于是又有人说，应该还是宋兵甲，因为相对而言，宋兵甲的戏份稍稍比宋兵乙多一点，是那个演员表搞错了。

至此，我们基本可以明白两个意思：一是无论宋兵甲还是宋兵乙对于那部戏而言基本都微不足道，以至不需要有名字，也不需要啥戏份，只要你穿上戏服"啊"一声倒地而死就可以。如果说演员表真的是打错，那更说明人家制片方真的没把两个甲乙兵当一回事。二是观众看这个剧时也没有谁关注这两个甲乙兵。今天我们反复去说这件事，不过是因为周星驰后来出名了，他之前所有的大小事都被扒出来，精心剪辑之后打上光效然后放映。

有一篇稿子就是这样描述这件事：对于像这样连对白都没有的角色，周星驰也不会放弃对它的思考。他回忆说："这个角色一出场就会死，但我却跟导演说，或者我可以这样的死，或那样的死，会比较合理。"听到一个"跑龙套"的角色竟与导演讲戏，谈演技，在场的人都无一例外地哄堂大笑。周星驰不知所措地四下看看，他不明白这有什么可笑的，也不知道自己说错了什么，只能尴尬地站在那里。这时候，导演一边忍住笑一边拍了拍他的肩膀说："你真的很有幽默细胞……"周星驰顿时醒悟，没有人把他的想法放在心上，哪怕他说的

再有道理，也不会有人在意，此时此刻，他心里感到一阵酸楚，有种想哭的欲望，最令他伤心的是，没有人明白他的内心感受，周围的人没有人关注他的表情，没有人在意他的感觉，仍止不住地在笑。他默默地退到一边，慢慢平息自己的心中不快，然后还要按规定完成戏份。娱乐圈终究是残酷的，结果，那个宋兵甲还是一出场就死了。

试想，如果周星驰后来如果没有出名，哪会有谁闲得蛋疼去如此深情描述？当时和他一起演的另外一个宋兵甲叫刘安东，这个刘安东，看剧的时候你们没有关注，之后也永远没有人关注，现在有谁知道刘安东在哪里？

这段时间，《人民的名义》这部剧很火。冷不防达康书记的表情包就硬塞眼球。但老陆想说的是，这部剧有名有姓的演员有80多位，据称达到戏骨级别的就有近40位。如果你追剧，你关注到了几位，记得几位？其实我猜能把40位老戏骨记全的人也不多。

心理学有一个概念叫焦点效应（spotlight effect），也叫作社会焦点效应，是指人们高估周围人对自己外表和行为关注度的一种表现。它是人类的一种普遍心理：人都是以自我为中心的，往往会高估外界对自己的关注。比如说，跟朋友聊天会很自然地将话题引到自己身上来。看集体照片，每个人基本都在第一时间找自己。在朋友圈发了条说说，然后会不停刷屏看谁点赞看谁留言。在大众场合说了一句不得体的话，或者放了一个屁，我们会懊悔半天。某一次派对被饮料撒了一身或者不慎摔倒都让我们耿耿于怀。

其实，就像你没有多少精力关注别人，也没有多少人关注到你，你也没那么重要，一切都是自己的心理作祟。心理学家基洛维奇做了一个实验，他们让康奈尔大学的学生穿上某名牌T恤，然后进入教室，穿T恤的学生事先估计会有大约一半的同学注意到他的T恤。但是，最后的结果却让人意想不到，只有23%的人注意到了这一点。这个实验说明，我们总认为别人对我们会倍加注意，但实际上并非如此。

该干吗就干吗，淡定从容一些就好，不必在意他人眼光，因为真没有多少人的眼光会在你身上停驻。宋兵乙研究N种死法最后变成周星驰的只有一位。达康书记也只是个例外。而且我估计很快你们就会忘记了他。

除了爹妈，在别人的世界里，你更多的时候都是跑龙套的。这个要明白。

这个迷人的小女子

摘　要：方向比努力重要、才能比知识重要、健康比成就重要、生涯比文凭重要、情商比智商重要。

关键词：情绪智力　智力商数

长相一般的女子，有人自称长得"爱国"。这个比喻的源头来自于一个奇女子李妍，史称李夫人。李妍出身普通，但长得十分漂亮，而且精通音律，舞也跳得好，故以卖艺为生。她有个哥哥叫李延年，是当时大师级的音乐家，在宫里头为汉武帝吹拉弹唱。有一回，李延年唱起一首新编的歌曲，旋律特别优美动人，歌词是：

> 北方有佳人
> 绝世而独立
> 一顾倾人城
> 再顾倾人国
> 宁不知倾城与倾国
> 佳人难再得

汉武帝听得入迷久久才回过神来轻声叹息：真是美呀，可世间哪有这样的女子呢？旁边的平阳公主说：有呀，李延年的妹妹就是这样的美妙女子。汉武帝大喜过望，当即把李妍召进了宫。一出场，果然云鬟花颜婀娜多姿，汉武帝惊为天人。这个李夫人美到什么程度？"倾国倾城""绝世佳人""姗姗来迟"这些词都是用来形容她的美。姗姗来迟是指步伐的优雅从容，倾国倾城指的是容貌极美，以至于皇帝只爱美人不爱江山，不理朝政，因色祸国。这样的美可真是惊心动魄，杀伤力堪比核武器。后人从这个典故得到启发，长得一般，自然是倾国倾城的反面，谓之长得"爱国"。

　　不过李夫人这个奇女子的奇并不是奇在集美貌与才华（精通音律）于一身，而在于她的出场及落幕都让人不可思议。为汉武帝生了个儿子不久，李夫人染上重病，不久于人世。汉武帝去探望，李夫人却蒙着被子辞谢：可怜我容颜憔悴，不方便见陛下。希望能把儿子和兄弟托付给您。汉武帝说：很是想念夫人，见一面再嘱托后事不行吗？李夫人说：女子容貌不修饰不可以见君父，实在是不敢呀。汉武帝还是坚持一定要见她，李夫人便转过脸去叹息流泪，不再说话。汉武帝不忍强迫只好怏怏走人。李夫人身边的姐妹对此很不理解。李夫人解释说：因为自己容貌美好，才得以以微贱地位获得宠爱。以美色事人者，色衰则爱弛，爱弛则恩义断。如果陛下见到我容貌毁坏，一定会厌恶抛弃我，还怎么会记得怜悯关照我的兄弟呢！

　　事情的结局果然不出李夫人所料。李夫人拒见武帝，非但没有激怒他，反而激起他无限的痛苦，用皇后礼安葬李夫人，命画师将她生前的形象画下来挂在甘泉宫。给李夫人的弟兄封官加爵。

　　可以说这位死后许多年还能让汉武帝念念不忘的李夫人智商和情商确实极高，是一位有大智慧的女子。我们讲智商，指人的智力发展水平，通常用智力商数来表示，英文简称 IQ。情商，即认识管理自己情绪和处理人际关系的能力，通常用情绪智力或情感智力来表示，英文简称为 EQ。智商更多地体现在认知层次方面，这方面李夫人太聪明，她知道得宠的原因只是因为美色，一旦色衰则爱弛。这是很清醒的判断。人类是视觉动物，容貌永远是第一资源。而且汉武帝本人又极为好色，一生爱的美人无数，包括男人和女人。女的方面有名的除李夫人，还有"金屋藏娇"的陈阿娇、大将军卫青的姐姐卫子夫，以及更为传奇的钩弋夫人。阿娇比汉武帝年纪大，色衰之后早早被冷落，后来重金请司马相如为自己写了一篇著名的《长门赋》，希望能让汉武帝回心转意。然并卵。只得整日以泪洗面，郁郁而终。歌女出身的卫子夫起初也是极为得宠，然敌不过岁月，汉武帝的爱转移到了李夫人这里。再后面则因为巫蛊之祸自杀身亡。把钩弋夫人纳进宫时汉武帝其实已经很老了。最终钩弋夫人年纪轻轻就被汉武帝赐死了，因为汉武帝担心子少母壮，自己死后女主擅政，危害社稷。男宠方面也有好几个，最有名的是韩嫣，还有一位就是李夫人的哥哥李延年，也就是编佳人歌把自己妹妹推荐给汉武帝的这位。

　　聪明的李夫人对汉武帝没有幻想，她把自己藏起来，不让汉武帝见到，她要保存自己在汉武帝心目中的形象，让汉武帝依旧对自己的容貌有幻想。她这样聪明地布局，是为了自己死后皇帝能照顾自己的儿子以及弟兄，她的高智商确是让人赞叹。

但你想想，汉武帝是个极为强势的男人，又是皇帝，他想得到什么他想见到什么，应该是分分钟的事，可是在见李夫人最后一面这个事上竟然没法如愿，可以想象李夫人的情商有多高。情商是什么，它反映的是人情感品质方面的差异，核心是对自己情绪的控制，以及对别人情绪的理解和控制。李夫人绝世而独立，无论进宫前还是后，都优雅从容，得意时不忘乎所以，悲痛时分没有萎靡不振，在生命的最后时刻依旧冷静地面对，没有让自己的情绪崩溃。在对待汉武帝的要求上，把握得也极有分寸，先是辞谢，继而恳请，最后叹息，最最后是无声哭泣。她知道惹急了汉武帝，什么事都会发生，所以她不用强，而是照顾汉武帝的情绪，并激起他的怜悯之情。时间久远，两人对话的场景无法还原，但能拒绝一个皇帝而不让其恼怒，而且死后那么多年还念念不忘，应该说李夫人做得极好，这需要智慧，这是情商高。

智商反映一个人的认知能力、思维能力、观察能力等理性能力，是大脑左半球的功能。情商主要反映人非理性的能力，即感受、理解、运用、表达、控制、调节自我和他人情感的能力，是大脑右半球的功能。两者协同发展是最好的，如果有一方偏废则影响人的综合智力。有很多的研究认为，在情商和智商两者的比较中，情商占有更为重要的作用。丹尼尔·戈尔曼在他的《情商智力》一书中指出：情商与人的生活各方面息息相关，是影响人一生快乐、成功与否的关键，情商比智商更重要。智商决定人的最低点，情商决定了人的最高点。智商高、情商也高的人，春风得意；智商不高、情商高的人，贵人相助；智商高、情商不高的人，怀才不遇；智商不高、情商也不高的人，一事无成。

相对而言，智商更大地取决于遗传因素，即先天因素的影响大于后天因素；情商的形成和发展，虽然也有先天因素，但后天的社会环境对人的情感影响更大，这也就说明情商较智商而言有更大的改变可能，教育对情感智力有更大的可塑性。

要提升情商，老陆认为，首先要树立三个基本观念：一、人是社会的人，人生活在各种关系中；二、人都是自私的，每个人都是希望自己得到更多，无论是物质还是精神；三、你怎样对待别人，别人也怎样对待你。明白了这三点，我们就知道自己在这个社会上要成功，最重要的就是要有同理心，也就是懂得换位思考。

其次，要有意识地自我训练。怎么训练？一要分析情绪，评估情绪。看看自己情绪情感有哪些缺欠，缺欠在哪里。要从体会自己的情感开始。人类的情感，其实大多数都是类似的。每一次我遇到让自己很快乐、很恼火、很沮丧……的事情，常常会停下来想一想，这是为什么。是的，你好好地分析你自己，你会发现自己情绪表现的一些特点的，如果自己分析不出，请自己身边的好友帮忙也可以。二是给自己制定一些控制情绪、调解情绪的办法，尽量保持情绪的稳定，办法只要想总是会有的，比如规定自己发脾气之前，先去蹲个厕所。三是顺境、逆境都要学会停下来思考，多多反思，学会给自己一些心理暗示，提醒自己不要得意忘形或者垂头丧气。

最后，要学习掌握一些技巧。以下是老陆从网上搬过来的一些建议，大家可以触类旁通。

把你说的"不对"统统改成"对"。不管对方说了多么傻的话，一定很诚恳地说，"对"，先肯定对方，再讲自己的意见，沟通氛围会好很多。

说"谢谢"的时候可以加上"你"，或者加上对方的名字。"谢谢"和"谢谢你"的差别在哪？"谢谢"是泛指，而"谢谢你"是特指，更走心。对于陌生人，你说"谢谢你"，对于认识的人，加上对方的名字，会友善很多。请别人帮忙的时候，句子末尾加上"好吗"。千万不要用命令的语气说话，加上"好吗"两个字，就变成商量的语气，对方会觉得更被尊重。

聊天的时候，少用"我"，多说"你"。人总是更倾向于多关注自己，每个人都只想聊自己。你讲了自己的经历，或者对某件事的看法，然后加上"你呢""你觉得呢"，把话题丢给对方，让对方也有表达的空间和权利，你会变得可爱很多。

多用"我们""咱们"，可以迅速拉近关系。比如跟刚认识的人约见面，比起问"明天在哪儿见面啊"，换成"明天咱们在哪儿见面啊"，只是一个细节的改动，就显得更亲切。

赞美别人的时候，不要太空泛，要具体地赞美细节："你好美啊""你好聪明""你好牛逼"这些是普通级的赞美，更高级的赞美是，"你今天看起来很精神""你这个新发型很不错""老陆你写的《会脸红的女生一般不会差》那篇写得真 TM 的好，我推荐给好多朋友看。"

用调侃的方式去赞美别人。老实说，有时候我觉得直白的赞美挺肉麻的，所以用逗比模式去夸，会好点儿。比如你想夸一个人身材特别好，你可以说

"你腿短点、腰粗点会死啊，讨厌，离我远点儿"。比如你想夸一个美女特别有才华，可以说"按照国际惯例，长得美的都是傻逼，你这么好看还这么聪明，这是犯规，不，这是犯罪！"

改天再去

摘　要： 你不可能用辩论击败无知的人。

关键词： 自利偏误

那天去物业处理地下车库进出蓝牙卡问题，接待我的是一位打扮得比较干净清爽的美女。

我把蓝牙卡递给她："元旦之前我的蓝牙卡用得好好的，车子进出车库都挺顺利，元旦将到的时候缴了费，可是元旦过后蓝牙就不感应了，你看看是怎么回事？"

她接过蓝牙卡，说："你的蓝牙是不是没电了？"

"不会的，我刚换电池不久，而且我每次进出后都会关掉蓝牙，没用多少电的。"

"是不是没有按时缴费呀？"

"我刚才不是说了吗，元旦之前我已经缴费了的。"

"那给技术员看看才行了，你明后天再来吧，技术人员不在。"

"我们平时上班挺忙的，下班回来你们物业也下班了。好不容易今天才有时间，你先给看看是不是数据输入有问题，以前也有过数据输入问题的……"

"数据输入有问题？是不是你不按时缴费？"

"你怎么这样？我已经说过了元旦前缴过费了，像我这么自觉缴费的不多吧？"

"那可能是电池有问题了，我测测看。"

"都说了，电池刚换不久的！"

她还是拿电表测了测，说："电池电量还够，还是等技术员吧！"

貌似很普通的一番对话。但这番沟通下来，我却心堵得厉害。她自始至终没从自身角度去找原因，几次三番质疑我不按时缴费，质疑我蓝牙卡电量不足。

本来这物业接待员打扮得倒是干净清爽，但却给人感觉像少了些什么。

这件事，表面上看是沟通问题，实质上我认为是心理问题。

心理学上就有一个词叫自利偏误，指的是一种对事情的归因模式：好事情发生都因为我够努力，坏事情发生都是运气不好或者是别人的原因。自利偏误高的人不会在自己身上找问题，也不会改变自己。这样的人在生活中常常因此会和别人起冲突。

有朋友也曾告诉我这么一件事。

他们单位一位职工在去年年底评优时，没获得优秀，就去找单位领导论理，并上演了一番"哭闹争吵"大戏，说自己工作了几十年，为什么从没评得上优秀？由此她认为整个评优程序不公平公正，认定单位管理层是混乱的。

听到这件事，我不由地想到前些日子那个以等老公为名疯狂阻拦动车的女老师。有些人虽然是年纪大了，但还是像个小孩子一样地处世。

几十年工作没得优秀——看来这年纪也不小了——不从自己身上找原因，倒是去质疑领导，也不想想这几十年换了多少届领导，为什么每一届领导都会否定你的表现？且不说她工作的业绩如何，单是从以"哭闹争吵"而不是"深刻反思和讨教"的方式来处理问题，就可以看出该职工的个人教养存在较大问题。

我问我朋友："你们领导没把她的自身问题点破给她知道？"

"怎么说好？给她点破她也不会承认自身有问题，反倒认为你是在羞辱她，这样她吵得更厉害！"

确实，你不可能用辩论击败无知的人。所以我们常常会感觉到有些无奈。最理性的方式，也许就是尽可能的离这样的人远一些。

前阵昆明发生了一悲剧。28岁的演员刘洁去医院看望生病的外婆，在住院部楼下遇到一个醉汉，只因不小心碰了一下下，醉汉就骂骂咧咧，然后刘洁和对方理论起来，没想醉汉抽出刀子冲着刘洁连捅几刀，最终她因抢救无效死亡。这是一个极端的案例。但它传递出这样一个信息，和层次低的人争辩，最终伤害的肯定是自己。

所以下次去物业交费，希望不要再碰到那个漂亮美女。如果不幸碰到了，我赶紧折回来，改天再去。我担心自己会忍不住和她争辩起来。

第二篇　熬出自己的味道

十年后什么还不会变

摘　要：很多人去问十年后什么会变，却很少有人去问十年后什么还不会变。

关键词：君子务本

就业的压力越来越大。因此大学里部分同学热衷考证，认为多考几本证找工作就多几个筹码。这想法需要推敲一下。

首先用人单位为什么看重证书？

其实在证书和能力当中，用人单位想要的是能力而不是证书，因为只有能力才能为单位带来效益。证书并没有这个作用。但能力这东西难以量化，短时间内也看不出来。花很多时间去考察成本又太高。用人单位能找到的一个相对靠谱的办法是通过证书去筛选。因为有证书，起码能证明你大学期间没有偷懒，起码能证明你有一种追求上进不甘平凡的生活态度。

基于这个逻辑，用人单位会认为有证书的同学是"人才"的概率自然要高一些。因此，多有几本证对找工作有没有帮助？当然会有。但我们时刻要明白两点，一是用人单位用人终究是用人的能力；二是应聘只是职业生涯当中的第一步，找到工作单位，并不能保证你在单位里以后能混得好。

证书是就业的敲门砖，但现在用人单位被以往诸多"考证族"忽悠之后变得越来越理性。

《沈阳日报》曾经报道，"考证族"求职旺季屡吃闭门羹，许多人力资源部门的人表示：很多拿着各种各样证书的毕业生，实际上并没有和证书相符的能力，这样的证书实际上没有什么意义，因此证书再多也白搭。

《论语》里有一句话：君子务本，本立而道生。对于这句话宋朝的朱熹曾经有过一个解释，他认为这句话的意思是：君子凡事专用力于根本，根本即立，则其道自生。这句话引用到考证当中，是说考证只是一个形式，其实最根本的是要有能力的相应提升。只有能力上来，人生才可能开挂。

接下来的问题是哪些能力对同学们来说最重要？

有一个老乌鸦的故事，说的是：一只老乌鸦经过长年累月的摸索，终于琢磨出了往瓶子里丢石子的方法，从此它就顺畅地喝到了水。并且它经常被人夸赞，方法还被写到教科书里！然而忽然有一天，飞来了另外一群乌鸦。这群乌鸦人家根本不会衔石子，但个个嘴里都带着一根吸管。他们喝起水来更顺畅。

这样的故事在现实中不少。以前我们玩摄影，用的是胶片。所以摄影的第一步是要把胶卷装到相机里，别看这个动作小，很多人就因为没装好胶卷，白白忙活大半天硬没拍出一张照片。接下来是摄影中的对焦和设置曝光量，每一样都要多方训练才敢上手。拍完照后，还要把胶卷拿去冲印店，才能把照片冲洗出来。在此之前，拍摄效果完全一无所知。因此，拍出一张图片对于当时的人来说绝对是一门技术活和辛苦活。

但现在，大家都看到了，人人都可以用智能手机轻轻松松拍出清晰图片。当年苦学的那套调焦绝活对于今天来讲全无用处。以前学会计专业是要苦学打算盘的。但现在算盘已准备变成文物了。以前在电脑上打字是要苦背字根才能打出字的，但现在各种简便的输入法根本不需要增加你额外的练习时间。

你也可以想象一下，现在开小车上街是需要有驾照的，而且喝酒不能开车。但不会过很久，自动驾驶就会来到，你不仅不需要驾照，还可以 K 着歌喝着酒一路前进。因为根本不是你在开车。

这是一个飞速发展的时代。没有一种模式是长存的。我们所有的经验和积累，都随时可能被颠覆、被清零，在一个被任意洗牌的社会，如果你想靠几本证书就一劳永逸，简直就是自杀。在这样急剧的"变化"当中，我们应该学习什么掌握什么才不会被淘汰？才不会被消灭掉？

亚马逊的创始人贝佐斯说过一段话，很多人去问十年后什么会变，却很少有人去问十年后什么还不会变。亚马逊恰恰就是去找不变的东西。比如人们对于低价、高质量、快速送达、品类丰富……这些东西的追求永远不会变，那么我们尽量去满足，企业就会很有价值。

这对我们同学来说是非常有启发的一个思维，去找不变的东西，找确定的东西。这些是不管时代如何变化，总是用得上的东西。这些应该就是我们在大学期间要重点学习掌握的东西。

天使投资人徐小平对大学生的告诫是：在离开学校以前，就应该清楚地意识到，世界很大，变化很快。你在大学里学到的知识，绝对不足以帮助你建立一个广阔的视野。你必须养成随时随地跨界学习的习惯和能力，不断探索那些与自己的专业貌似无关的知识新边疆。在他看来，随时随地跨界学习的习惯和能力对于人生极其重要。

实际上，人类有史以来的所有进步都有赖于人类的不断学习。现在的大学生，面对的是一个历史上从未有过的突变时代，持续学习习惯的培养更显得重要。只有培养自主学习自主迭代的好习惯和能力才可能在离开校园后在更广阔的社会当中继续前行继续成长。

新东方创始人俞敏洪这样告诉大学生：人工智能来了，再过几年，中国现在正在干的一半工作，甚至包括需要一定智力的工作，都有可能被人工智能取代。我们的学生靠什么活下去？未来的世界需要创造力、想象力和情感丰富的人。单位需要的是每一个员工都有创新、变革能力，共同推动组织发展。所以有新思想、有创意，并且能把它们落实到工作中去的人才会受到组织的欢迎。学习永恒不变，创新同样。

大学生们要学会打开自己的视野，多多学习，多去接触，多去了解这个时代这个社会，然后有意识地多多思考，从而培养自己的创新能力。

人生导师李开复这样告诉大学生：大学是大家最后一次可以在相对宽松的环境中学习、培养、训练如何与人相处的机会。在未来，人们在社会里、在工作中与人相处的能力会变得越来越重要，甚至超过了工作本身。所以，大学生要好好把握机会，培养自己的交流意识和团队精神。学会与人相处，是大学中的一门"必修课"。

学会倾听，可以从他人那里学到更多的知识、更丰富的经验和更新颖的想法，并可以基于他人的立场来重新思考和改进自己的想法。学会理解，会使用对方更容易接受的表达方式，这同样会增加你的说服力。对于不同视角、不同观点的倾听和理解，可以拓宽自己看待问题的方式，可以让自己成为一个更开明的人，豁达心胸，提高自己的涵养和境界。

学会站在对方的角度思考问题，尊重别人，做事时为对方留下足够的空间和余地，发生误会时要替对方着想，主动反省自己的过失，勇于承担责任。有了同理心，在工作和生活中就能避免许多抱怨、责难、嘲笑和讥讽，工作和生活才会更加的开心和愉快。

　　面对人工智能时代，李开复还建议，大学生要做自己最爱做的事情。他说未来抢你工作的除了人类，还有机器人，所以只有做自己最有兴趣的事情，才可能有竞争力。你要每天花很多时间去思考、尝试这件事情，让自己更有可能超越其他人，超越机器人。

　　最后总结一下：培养自主学习能力、培养创新力、提升和人相处的能力、发展自己的兴趣爱好，这是大学里最应该努力做的事情。

　　在明白这些之后，我们再谈考证问题思路会更清晰一些。

拖着拖着就死了

摘　要：你无法叫醒一个装睡的人，同样也无法治愈一个懒惰的人。

关键词：拖延症

有位同学在我写的网文《成功的人都是提前出发》下留言：什么时候写一篇治疗拖延症的文章，我等着。然后，又有一位同学在转发这篇文章时写道：一个拖延症患者，看得瑟瑟发抖。看来拖延症的问题挺严重。

在我周边，也有位拖延症患者，是一位女士，她去年报名交费学泰语，交了一期几千元的学费，一年过去，就只去学过两次。规划好的论文写作进度，几个月过去，第一阶段还没完成。我笑她：是够淡定的呀。她倒不在意。"不急，会完成的。"她这么说。

拖延症，顾名思义，就是明明有很多事得干，却总想往后拖。说得学科一点是指自我调节失败，在能够预料后果有害的情况下，仍然把计划要做的事情往后推迟的一种行为。据说100个人里面，就有93人有不同程度的拖延症。这个数据吓人。不过，老陆肯定不在93人里面。严格来讲，老陆是提前强迫症，什么事都要提前做完才能好好睡觉那种。

产生拖延症的原因有好多种，要治疗，先得了解病因。

第一种是因为懒。世界上隐形的显形的懒鬼真是多。因为懒惰毕竟是人的天性。所以大家就好逸恶劳。能不做的尽量不做，一定要做的就能拖则拖。反正就是不喜欢做。但他们不认为自己是懒，因为懒是个贬义词，感觉好丢人的样子。换一个马甲，说自己是拖延症。拖延症大体算是中性词。这样心就安一些，感觉压力没那么大。其实蛮多的拖延症产生都是因为懒。你观察一下你身边那些真正勤快的人，基本上做事不会拖延。而那些懒洋洋的人，十个有十一个是拖拖拉拉的。有些人可能不同意说自己懒，他觉得自己还算勤快。但我认为他们还是懒，是显形的懒。去比较一下那些比你优秀却又比你拼命的人，你就容易体会得到。有些人真的就是努力一下下，就以为自己是拼搏人生了。

第二种是因为贪。人的欲望无穷无尽，每个人都想拥有更多。但这个是不可能的，人的时间和精力注定每个人只能做好很少的一些事。所以聪明的人懂得节制，对哪些要全力以赴，哪些要忍痛割爱，分得清清楚楚。与这少数人相反，更多人样样追求。名追利追文追武追科研追商业追，想学习也想凑热闹，想美食也想好身材，想背单词也想看韩剧，想考研也想打打工……总之样样都想有份。统筹兼顾是一个高大上的词，但在那么多的欲望面前，根本就是一个笑话。顾此失彼，丢三落四，拖拖拉拉才是高欲望人生的主题词。

第三种是因为压力。总有些事是你不热爱，但又不得不做的。不喜欢了就有压力自然积极不起来。于是早接触不如晚接触，多接触不如少接触。另一种压力是因为担心失败，因为害怕事情做不好，所以迟迟迈不开脚步。记得好多年前我在桂林的乐满地玩蹦极，排在我前面的是一个漂亮女生，在跳台口伸开双臂上下蜻蜓状摆动，嘴里不停碎碎念：我要飞我要飞。语音一颤一抖。果然念了半天，就是跳不下去。工作人员不耐烦了，轻轻踹一下，她这才鬼哭狼嚎一声：我要死啦。然后飞下去。

第四种是因为客观时间概念的缺失。时间是客观的，一天 24 个小时，一年 365 天。但它同时无影无踪，看不见摸不到。因此一些人对于客观时间的感觉很迟钝甚至没有这个概念，他们感受不到时间的流逝。他们有的仅是主观时间概念。也就是说他们有时会觉得时间过得快，有时过得慢，反正与钟表的时间并不一致。比如做事情他们的主观时间概念是这样：我做完这个再做下一个；我明早睡醒了就联系他。问题是做完这个需要多少时间？明天几点睡醒？因为没有这个概念，做事就容易浑浑噩噩。

第五种是因为侥幸心理。一些人在考试前一晚才用尽洪荒之力背书。一些人动车准备启动了才冲进车站。这些人其实内心里一直有一个自我的心理暗示：拖一会儿没事，反正最后总能完成。因为有这样的心理暗示，他们才有恃无恐，坦然拖延。甚至有同学跟我说，踩时间点完成的瞬间有踩到 G 点的感觉。

第六种是因为完美心结。这种拖延症好像比较高级的样子。就是有一些人秉承要么不做，要做就要做到最好。而要做好最好，当然不容易。于是完美主义者会一拖再拖，不敢出手。

第七种是因为有病。这是比较奇葩的观点。有中医人士认为人若是心虚，在面对那些需要耗心费力的事情时，都会不自觉地选择逃避或往后拖——因为没那么多能量支撑。而心虚的根源又在于肾虚。肾气足，则上济于心，是为心肾相交。反之心肾不交。所以要治拖延症就得吃补肾的药。

第八种，略。

第九种，略。

第十种，略。

以上十种病因，除了第七种是生理因素，其余都是心理原因，涉及人的个性倾向。所谓江山易改，本性难移。可以说拖延症是基本没得治的了。你天生就是这个德性，不好改的呢。

你说从明天开始早起跑步健身，可第二天太阳照屁股了还在做梦中。你说要赶在周末把手里的活搞定，结果到周日晚上了，进度仍然没有变化。你说这一个月要学会操作这个软件，可一个月下来，只是完成下载这一步，学习还没开始。你说这个假期要好好看几本书，但现在都开学了，第一本刚刚翻了几页。你说你这是拖延症，其实明明是懒。拖延症是拖延着做，最终还是会做。但这些你所说的事，拖着拖着就没有了，以后自己都不好意思提。你无法叫醒一个装睡的人，同样也无法治愈一个懒惰的人。懒惰真的是难治。比较可行的办法只能是改善，通过外力去改善。比如雇一个人执棍子守在身边，自己稍有惰意，他一根棍子就过来，把你敲醒。比较文明的做法，是把你想做的事公开地告诉你身边所有的人，而且反复跟他们说。凡是敢公开许诺的事，一般拖延的可能性会小一些。就像老陆，总是跟别人说：我每天要背单词，要写毛笔字，要在Q说说发一张图片，每周要写一篇文章。这样说之后，自己就不好意思偷懒了，担心别人看自己笑话，担心别人说自己言行不一致。所以就天天坚持下来。再保险一点的，可以建一个打卡群，每天按时完成就去打一个卡，主动接受大家监督。但话又说回来，这些外力，也只是稍有改善而已。我参加了同学们的练字打卡群、背单词打卡群，但打卡一段时间之后，人渐渐就没了，有时候只剩下老陆一个人每天孤独地打卡。嗯，归根结底还是人品问题。

要改变一个人的贪也难。放下不是那么容易的事。可以给的建议是：目标太多不是好事，要主动砍掉一大堆事情。还是那句话：你不是超人，做不好那么多。专注于几个事就足够了。特别是专注于自己喜欢的事情上，效果会更显著。因为压力会小一些，而且把它做好的自信心也更足。我每天练字，从来不觉得累，相反每一天会有迫不及待的感觉，因为我喜欢呀。以前的时代，为了生存，一个人要做许多不喜欢做的事。但现在，物质的需求已经很容易满足，人类的精神需要不断多元化。只要你留意，总可以找到几样自己喜欢而又有价值的事做。相信我，自己喜欢的事不会拖延。而要改善客观时间概念缺失的状况，就要求做事的时候，尽量放到钟表时间也就是客观时间维度上去衡量，在脑子中建立时间标尺。这方面可以通过适当工具化的方式解决。比如一些人觉得人生很漫长，那么让他在一张 A4 纸画上一个个小格，每个小方格代表一天，大概人生就 3 万个小方格。已经过去的就涂上色。这样一下子他就会对人生的时间有了清晰感受。这也是很多人所说的 A4 人生。再比如，要完成一篇论文的写作。两个月后要完成，那么在做之前把它量化：选题 5 天、文献查询 5 天、收集数据 20 天、检验数据 15 天，写作 15 天。如此这般，在事件上建立时间标尺，然后按部就班去做，拖延的概率就会低好多。

要改变侥幸心理和完美心结更加难。只能靠时间去不断洗刷，特别是经历一些惨痛之后，才有可能自己慢慢醒悟。第七种肾虚，最简单，吃药就是。但是因为肾虚而导致拖延症的人应该是很少很少的吧。

悲伤哈，神仙也救不了你的拖延症。

成功的人总是提前出发

摘　要：除了死，所有的事都要提前点做好。

关键词：提前量　互惠性偏好

从昆明飞曼谷。排队过安检时一个神色紧张的外国人挤到我前面扬了扬手中的机票，说他的航班还有几分钟就起飞，希望我允许他插一个队。这当然没问题，我点头表示同意。但同时心里不由替他紧张：这一关是检查护照，下一站还有行李及全身检查，这都要花一定的时间。即便插队恐怕这哥们还是赶不上飞机。我心里想，为什么不能提前点来呢？

赶飞机时什么时候到达机场最合适？不时有人问这个问题。毕竟去得太晚，就会有赶不上飞机的风险，就像这个插队的外国哥们儿。但去得太早，在机场等待的时间又太久，好像又不划算。为这事，威斯康星大学的一位数学家较真起来，他通过将期望效用量化的方式对提前多少时间到达机场进行详细剖析。最后得出的结论是：提前 1 个小时到机场是最佳选择。数学家的研究固然是理性的研究，结论也有其科学性。但我的感性告诉我提前一个半小时也许会更加稳妥。但无论 1 个小时还是一个半小时，提前量总是必要的。

2018 年的元旦我回了老家一趟，恰巧那天父母要去隔壁村喝喜酒，聊了一会儿天他们就收拾准备出门。我说去那么早干吗，不就是半个小时路程吗。父亲说：不早了，去晚了担心赶不上。其实我私下算算：按当地入席的习俗，二老这次起码提前有两个半小时的时间。但我不再出声，老人家有老人家的计算方式。况且提前出发总的来说也没啥问题。相比之下，我身边接触的一些年轻人的时间提前量就少好多。记得前阵一个小兄弟让我开他的车送他去动车站，离动车出发只有半小时我们才从小区出发，路上又遇堵车，结果到站一下车他就像一颗子弹飞出去……10 分钟后我打电话过去，电话那头他气喘吁吁地嗷嗷叫：妈妈呀，好险，压点上车了。我心想，算你运气好，我都赌你要改签了。

"提前量"这个词百度百科解释是：在 A 目标发出指令后，B 目标前往的方向地点与 A 目标发出指令的方向地点一致，从而使 A 目标发出的指令与 B 目标相交。如下图：

通俗说，提前量就是办事情，尽可能早半拍、快半拍。无论上课、开会、赴约、赶飞机火车，都提前一点时间出发。也即是说：要做的事情，应该有计划，应该多留余地。

而年轻人缺乏提前量，一方面是拖延症作怪。凡事习惯拖拖拉拉，做什么事总是匆匆忙忙。不是人做事，而总是被事拖着走。另一方面，一些年轻人认为，时间那么宝贵，提前不就是浪费时间嘛，踩点压线那才叫爽。要我说，拖延症固然不好，后面这种观点也是比较 LOW。

每次提前到达机场，在等候的那段时间我总是优哉地掏出手机看看电子书，背背单词，甚至通过手机处理诸多事务。现在都什么年代了，只要你有心，没有一分钟会被浪费掉，当然你说手机只是拿来玩王者荣耀，那我无话可说。我是真心觉得这样的一个移动互联时代，给人类提供了以往任何时代都不曾有过的便利：可以随时随地学习和工作——只要你想。前阵子，我去车管所办事，在等待时间我旁若无人玩百词斩，顺利完成当天的打卡任务。所以我的观点是尽管提前出发了，多出来的时间同样可以做很多有价值的事。

而且在我看来，提前量给人带来的好处很多。

　　有提前量的人更容易获得他人的认可。一个总迟到的人容易耽误事情的进程,不仅消耗别人的时间成本,还会把他人对自己的信任一点点消磨耗尽。在团队工作中这种随心所欲缺乏契约意识的人,往往会被列入"不靠谱"之列。有研究表明:上班早的人更容易获得老板的好评。在老板的眼中,这样的人往往代表着勤奋、努力、自律、有上进心。因此那些上班早的人当然会比别人得到更多成长机会。在平时上课时,我个人也不喜欢上课迟到的学生,他们的课程平时分我会稍稍打低一些。

　　有提前量的人在人际交往中更容易获得"心理优势"。应酬活动中时不时会有人迟到。有些迟到之人比较自觉,进门就喊:不好意思,我自罚三杯。而另一些不自觉之人想蒙混过关,却总是被人主动揪出来,大喊着要罚其三杯,最终迟到者只得乖乖喝下。这里一个"罚"字表明先到者对后来者的居高临下,也就是心理优势。心理学有一个概念叫互惠性偏好,它的大概意思是人们不能忍受自己亏欠于他人,如果亏欠就会内疚,就要想办法弥补回来,哪怕是因此损害自己的利益。所以人际交往中,迟到者面对先到者时心理往往是内疚的,是处于弱势的。这时他们要么自罚三杯,要到被别人罚三杯也无可奈何。而且在接下来的时间里,因为晚到,心中有所亏欠,常常难以拒绝或者默认先到者的种种安排。所以一个有提前量的人在人际交往中更容易获得谈话的主动权。

　　有提前量的人可以避免经济上的损失。这很容易理解,错过航班错过动车班次改签或重新购票都要费金钱。而错过面试的机会,考试的机会,签订合同的机会……那损失可就极大。前阵子一段视频火遍神州:一位带孩子的女子一只手死死抓住高铁列车车门,已到发车时间,工作人员让她上车或下车,可该女子一直以此方式阻碍列车关门。只因她的老公赶车迟到了,还没上车。据说这趟动车因为天气的原因已晚点到站了十几分钟,但这一家人却还是迟到了。这位女子是一位老师,因为她的违法行为,现在已被单位停职。这个损失可谓大。

　　有提前量的人更容易保持情绪的稳定。有一女生跟我说,最可怕的不是迟到被老师骂,而是有一次因为迟到匆匆忙忙往教室冲,结果坐下5分钟才发现进错教室。上课的老师是陌生的,旁边的同学是陌生的,黑板上的内容也是陌生的。而惊魂未定的她却再没有勇气走出来去找真正的教室,只是一脸懵逼地等待下课。我说,你这个损失还是蛮大。她说:是的,那节课如坐针毡难受至极。相对而言，有提前量的人遭遇这种糗事的概率就要少许多。同时因为时间充裕，压力没那么大，有提前量的人往往会表现出比较从容淡定的状态。这种状态往大的说有利于人幸福感的提升，往小说的人不容易让人衰老。天天赶这赶那，把日子过得兵荒马乱的人都是老得快的。

有提前量的人更加容易成功。我喜欢摄影。有一次晒了几张风景照。就有人问：你拍的这个点我也到过，也拍过，但没有你拍的这么好。你看，你这个光线这么特别，简直了。说说看，你是不是 P 过图了？终究他是不大相信我拍的图是真的。我告诉他，为了拍这几张图片，我早上 5 点起床，五点半到达山顶架好三脚架，然后静静等待第一缕阳光温柔地打在金黄的树梢上。拍完照，八点半收工。等我说完，他拍腿说：哦，这样呀这个时间点我刚刚出门，怪不得我没看到也没拍到。摄影是光影的艺术，玩摄影的人要在太阳出来之前赶到拍摄地点才能拍到最生动的光影。不单摄影，好多事情要做好，都要有追太阳的精神。

李常应老师说：除了死，所有的事都要提前点做好。这句话很多时候都是对的。

油腻的年轻人

摘　要：如果你是人才，无论你在哪里，东方还是西方城市还是乡村，最终你必定会流向与你匹配的地方，做着与你匹配的工作，拥有与你相匹配的权利、财富。

关键词：科斯定律　社交自由

我安排志军这些天每天设计一张海报并发布。有两日不见动静，我在微信里催他。志军回复：这两天都是出去喝酒，工作给忘了。我说，小心变成油腻青年男。其实志军是个清新帅小伙，也爱学习工作。我这么怼他更多是调侃，然后稍带点提醒。

油腻这个词近来之所以火，是因为一个叫冯唐的作家写的一篇爆款文《如何避免成为一个油腻的中年男》。冯唐在文中对中年男提出10条忠告：第一不要成为一个胖子；第二不要停止学习；第三不要待着不动；第四不要当众谈性；第五不要追忆从前；第六不要教育晚辈；第七不要给别人添麻烦；第八不要停止购物；第九不要脏兮兮；第十不要鄙视和年龄无关的人类习惯。

在冯唐看来，年轻人虽然一无所有，但充满好奇，有使不完的力气，他们不怕失去，他们眼里有光，他们为中华之崛起而读书，他们下身肿胀，他们激素吱吱作响，他们热爱姑娘，他们万物生长。他们尽管有时犯二，但不油腻。油腻的是中年男人。后来有诸多网络文章总结出中年油腻男的种种特征并广为传播。

在我看来，油腻并不是中年男的专利。少年、青年、中年甚至老年，都各有各的油腻。只是油腻的特征会有所差别。另外年轻人也并非如冯唐所说他们都眼里有光，他们都为中华之崛起而读书。其实他们当中有一部分人，在我这个大学老师看来眼里是没有光的，他们沉迷于游戏上课时睡眼惺忪完全没有一丝朝气和神采。另外一些人热衷东奔西窜、吃喝玩乐，还美其名曰：社交需要。但在我看来，一个学生太社会，也是一种油腻。今天想说的就是这类青年男。

人天性好吃懒做。但人的伟大之处在于愿意克服自己的惰性去努力奋斗，从而创造更美好的生活。可惜一些青年人总是惯着惰性，像一只猪一样快乐生活。可怕的是他们还有自己的理论：人生苦短，不如不管。于是一群这样的青年人三天两头组织各式酒局，猜码吹啤酒寻各种欢乐。所以不用等到中年，他们当中的一些人就会在这样无节制的拼吃喝中油腻起来。不用等到40岁才穿不了18岁时的牛仔裤。20岁他们有些就穿不进19岁时的裤筒。

他们当中的有些人说，真不是爱吃喝凑热闹，我们这是在社交。这个理由比较高级。马斯洛的需要理论就认为人作为群居动物天然有社交的需要，需要有归属，渴望爱渴望被爱。更重要的是人想通过社交建立自己的"人脉"。网络上、各类书籍上也充斥着这样氛围：朋友多了路好走。你跟对人了吗？如何找到生命中的贵人？少待多动，哪怕出去乱撩也好如此等等。好像通过别人就可以让自己的成功变得更加容易。甚至有个别学生会在课间跑到讲学堂向我请教如何迅速有效建立自己的人脉。人脉真的那么重要？

有一个小伙子跟一个经济学家诉苦：暗恋一个姑娘，此姑娘漂亮又性感，而且还很有才华，真的好想去追，但是这个姑娘现在有男朋友，该如何是好？经济学家反问：你懂得科斯定律吗？小伙子一脸懵逼。

科斯定律是一个叫 Ronald Coase 的经济学家提出的：只要财产权是明确的，并且交易成本为零或者很小，那么，无论在开始时将财产权赋予谁，市场均衡的最终结果都是有效率的，实现资源配置的帕累托最优。简单来说就是社会上的一切资源，最终都会向效率最大化，或者是让这份资源产生最大效果的地方聚集。也就是说谁最匹配这个资源，最终这个资源总会归谁所有。如果用最短最通俗的话来解释就是：谁用得最好就归谁。比如富人家的女孩，总是会嫁给相同家境的男方，因为只有相同家境的男方家庭才能让相同家境的女子得到最大化的幸福。回到追姑娘这个事上，不管这个姑娘现在跟谁谈对象，她最后都会跟最匹配她的人在一起。所以小伙子能否得到姑娘，最大的问题不是这个姑娘现在是否有男朋友，而是现在的小伙子是不是比她现在的男朋友更配得上这个姑娘。如果配得上，你可能会追得上。配不上，即使这个现任男友不存在，也轮不到你。

同样按照科斯定律，如果你是人才，无论你在哪里，东方还是西方，城市还是乡村，最终你必定会流向与你匹配的地方，做着与你匹配的工作，拥有与你相匹配的权利、财富。所以以其忙碌地去社交，不如把时间用来好好学习提升自己的价值。冯唐忠告中年人的第二条就是：不要停止学习。吹牛逼能让我们有瞬间快感，但是不能改变我们对一些事情所知甚少的事实，不能代替多读书和多学习。这句忠告同样适用于青年人。

当然我不是反对社交。我想表达的是社交其实并没有那么重要，人脉也没那么重要，特别是与自身的学习提升相比，更显得微不足道。人脉这种东西更多是吸引来的，而不是寻找来的。如果你有能耐、有用处，别人自然会找上你。反之，自己没有点干货，你送上门去，别人大概也不会理睬你。所以青年人不能用社交忙为自己的考试挂科开脱，为自己的工作不到位开脱。这是错误的思维。另外，就算社交，也要有所选择。呼朋引伴去大排档跟相邀去图书馆，两个圈子的性质完全不一样。

他们当中又有些人说，也不是爱出去社交，不就是身不由己嘛。树要皮人要脸。人应该说没有不爱面子的。甚至有的人会因为面子不要命。媒体上不是有过报道吗，本来自己不胜酒力，却经不起别人劝，不喝好像不给别人面子，自己也没面子，结果就喝进了医院，差点丢命。更多的时候因为爱面子，本来自己不想参加的那些活动，却不好意思拒绝，怕显得自己不够合群不够意思不够哥们儿，于是一场一场地参加，把自己喝得油油腻腻，却一点意思都没有。所以他们说人在江湖身不由己。

有一个写文章很厉害的年轻人叫六神磊磊，在一篇文章中提到一个词：社交自由。什么意思呢，用一句话说就是，不想参加什么饭局，基本就可以不参加；不想搭理谁，基本就可以不搭理；你社交的人，基本都是你喜欢的人。其实这很难做到，一是你可能有求于人，二是总要给别人面子。在这个社会上人要做到社交自由谈何容易。这里我想分享一个方法，就三个字："不要脸"。你如果做到，是可以抵挡大部分无效社交的。其实这个方法也是中年油腻男冯唐说的。冯唐是学医的而且是医学博士，他说如果能做到三点，人可以免于得癌症：不着急、不害怕、不要脸。引用到我们的社交当中来，很多时候确实需要点"不要脸"的精神。不想参加的活动，直接拒绝好了，不能喝的酒直接不喝好了。你慢慢会发现，其实你不参加别人也拿你没办法。但因此你却得到更多的自由。

最后用管理大师查理·芒格的话收尾：想得到某样东西，最可靠的方法是让自己配得上它。所以，志军小伙子请继续好好学习。

愚蠢并不是最可怕的

摘　要： 思考问题的时候，不要为事物的表象所迷惑，而是要进行深入探讨，以动态的、变化的角度去思考支持事物成立的条件以及以这样一种状态生起的原因。

关键词： 概念技能

范蠡是有故事的人，不是一般的有钱有美女。作为当年首富可以想象当年他应当为每月赚太多而麻烦，比如几十个亿。跟他的女人也不一般，这个西施可是中国四大美女之首。不过，今天不说这些，说说他几个儿子的事。

话说范蠡的二儿子在楚国因为杀人被收进牢里。于是范蠡叫小儿子带黄金千两，坐牛车去解救。毕竟那时法制还不完善。可要出发时，范蠡的长子要死要活的不同意，说这事按理应由长子出面，父亲大人不让我去，分明是不信任我，我不如死了算了。范蠡实在给搅得没办法，只好改派长子去。长子到楚国按老爸指示找到庄生并送上黄金。庄生听明来意，有把握地告诉他过几天弟弟自然会放出来但千万不要问所以然。庄生在楚国是名人，从楚王以下都把他当老师一样尊崇。第二天庄生找一个适当的时机见楚王，说某星宿移动到某个位置，对楚国有危害。楚王向来相信庄生，问庄生如何是好。庄生说只有实施大赦才能消除。楚王同意并表示择日大赦。这大赦的消息被长子打听到后，他马上去找庄生要回那千两黄金，因为他觉得楚国即将大赦，他的弟弟自然会放出，那么黄金岂不是白给庄生？那可不行。

感觉受到羞辱的庄生又去见楚王并进言：现在街市上很多人都说，有一位叫朱公的富人，他的儿子现在牢里，于是朱公拿钱贿赂王的左右，所以王并不是为了体恤国民而实行大赦，而是因为朱公儿子的缘故。楚王震怒：胡扯！我怎么可能因为朱公儿子的缘故而大赦呢？当下命令杀掉范蠡的儿子后才下达赦免的命令。长子拉着弟弟的尸体回到家，家人很悲伤，独范蠡相对平静。他说大儿子闹着要去我就知道这事很难！主要是他舍不得花钱呀！长子年少时和我一起经营，历尽艰苦知道谋生的困难所以对钱十分在意。小儿子出生时就看见我很富有，他自己也大手大脚，对钱财丝毫不放心上！所以大儿子以命相逼闹着要出头时，我就大体猜到结局。不付钱白白赚便宜的事哪里会有呢？这是简单的常理，实在没什么好悲伤。我本就日夜等着丧车到来。

刘邦是一个故事更多的人。但今天要说的重点是他的岳父吕公。其时刘邦一年纪大，二没钱，三还有一个私生子，四级别低也就一村长级干部。但吕公却在一场酒宴之后决定把自己的宝贝女儿嫁给这位油腻中年男。吕媪为此大为恼火：沛县县令跟你要好，想娶这个女儿你不同意，今天你为什么随随便便地就把她许给刘季了呢？事实证明吕公的这个决定相当有远见。后人因此有说吕公会相术。但吕公相术真的很高明，他怎么没有算出或者看出吕雉晚期的命运？他为什么没有算出或者看出吕氏家族最终的覆灭呢？其实吕公是通过对刘邦的言行举止作出的判断。

在吕公的宴会上，沛县的头面人物，都去给吕公捧场。刘邦突然出现后整个宴会的中心人物就成了刘邦。"高祖因狎侮诸客，遂坐上坐，无所诎。"刘邦不过一个亭长，处于沛县头面人物云集的场合，却是一副牛逼到天上的样子。这很不可思议。在现实社会中，县里的头面人物云集，一个村长突然进来，并且表现一副牛逼到天下的样子，会是啥结果？你们可以自己想象。但就是这个刘邦却居中而坐，居高临下。更神的是刘邦本人觉得自然而然，别人也觉得自然而然，好像一切理所当然。难道是因为刘邦有个好爹？问题是，萧何已告诉吕公。这个村长就喜欢说大话，根本拿不出贺礼。换言之，此人绝没有什么了不起的家庭背景。如此，聪明的吕公立马判断刘邦绝非池中之物。因为，一个人有权有势有钱，能这样行事，能让别人产生这种感觉，并不难。一个人没权没势没钱却能这样行事，并能让人产生这种感觉，那太难。这分明就是一个天生的带头大哥。吕公本来是因为避仇人才逃到沛县，现在见到刘邦这般气度不凡，认定刘邦可以成为自己的保护伞。于是酒席上吕公向刘邦递眼色，让他一定留下来，高祖喝完了酒，就留在后面。然后吕公直截了当地说：我有一个亲生女儿，愿意许给你做你的洒扫妻妾。

范蠡和吕公无疑是极富判断力之人，于扑朔迷离中能看得清看得透事物的本质并作出正确的判断或者正确的行动。在管理学中讲到管理者的技能时，认为一个管理者应当具备技术技能、人际技能、概念技能三大技能。其中概念技能是指把观点设想出来并加以处理以及将关系抽象化的精神能力。具有概念技能的管理者能够准确把握事物之间、人与人之间的相互关系，并深刻了解任何行动的后果。此外，概念能力强的管理者能识别问题的存在及拟订可供选择的解决方案，并挑选最好的方案付诸实施。也就是说概念技能强的人会表现出超强的判断力。范蠡清楚地知道安排小儿子去营救是最优选择，在长子的胡搅蛮缠之下（以死相逼），他答应长子要求，这是一种无奈，但也不失为对现实的妥协，死一个总比死两个好，死二儿子总比死大儿子更适合，毕竟二儿子是犯命案而该死之人。所以尽管最终没救得二儿子，但范蠡在这个事情上思考始终是清晰的。吕公更不用说，像他这样选女婿的方式大概没几个，胆子也太大，但你不得不服他的判断力。

和判断力相近的一个词叫洞察力。李开复在他的文章中提到洞察力是洞察事物本质的能力。一个人的成就，与他的洞察力高度相关。他认为思考问题的时候，不要被事物的表象所迷惑，而是要进行深入探讨，以动态的、变化的角度去思考支持事物成立的条件以及以这样一种状态生起的原因。这种思维方式，对洞察事物的本质至关重要。而他同时也认为思考的质量跟知识储备相关。查理·芒格有一个格栅理论，其内涵与铁路干线类似，都有成熟的清晰的路径可供利用。铁路网越庞大越复杂，一般代表运输能力越强，同样地，我们的知识架构越庞大越复杂，一般也代表我们的逻辑思维能力越强。如此看来，要提升我们自身的概念技能或者说洞察力，需要我们平时多学习特别是跨界地学习，在做具体的事时则要多思考。所谓"不忘初心，方得始终"大白话就是说不要做着做着就跑偏，忘记了为什么要做这个事，结果不尽如人意。

想想看，我们有没有做过这样的事？我当大医广场团队指导老师，发现同学们都很努力特别是主要负责人努力到甚至可以说是拼命，但有时效果却并不好。比如说招聘新队员的时候心急火燎地组织面试，却不愿意花点时间思考：我们要招的人应当具备何种特质，今年的面试规模有何不同，然后用何种方式面试才是最优。我问他们，他们只会笼统答：按以前流程走，看态度，态度不好就不要。但这样的面试方式显然不会招到最合适的人。可惜他们没想到。另外，为吸引粉丝关注微信公号，团队要搞一些比赛提升关注度，于是到处张罗，做方案拉赞助各种忙到吐。但结果方案一交到我这里，发现其实跟加粉基本没多大关系了。也就是说大家走丢了。

美图秀秀的董事长蔡文胜谈到公司人员构成时有这样的观点，一个公司里大概由四种人组成。一种人是聪明又懒惰的人，这种人占1%，一般是公司的老板，一种是聪明又勤奋，这种人占21%左右，是公司的核心力量。一种人愚蠢又懒惰，这种人占60%～70%，做常规固定活。一种人愚蠢又勤奋，这种人占3%～5%，因为愚蠢，他们的想法很多都是错误的，因此他们越勤奋，对公司的破坏力越大，这种人应该被公司辞退。

小心，不要让自己成为又蠢又勤奋的那种人。

难在拿捏好分寸

摘　要：再好的道德，再好的心意，做极端了，也是不合适的，甚至有可能会变成恶。

关键词：过犹不及

阿猛讲过一个事：

一位朋友本命年过得很糟糕。于是这位迷信的友人在本命年结束后，也就是新一年的生日那天呼朋引伴，聚会饮酒，以洗晦气。其时觥筹交错，众宾甚欢。有一迟到的朋友这时赶到，当着大家伙的面，塞了一个红包给主人。顿时场面尴尬起来。因为主人定调是喝洗晦酒，所以大家谁也没有准备红包。只有这个迟到的朋友却例外。酒后，曾当过老师的阿猛教育"红包朋友"，说他不应该送红包，更不应该当着大家的面送。红包朋友辩解说，这没什么呀，只是个人的一点心意。阿猛严肃起来：你是觉得没什么，但我们一帮朋友觉得有什么。你想想，我们没送，你却送，你不是陷我们于不义吗？不是让我们难堪吗？

类似的事，我也碰到过，只是换了一种形式。

当时我参加一个公司的营销活动，活动结束之后，有小礼品送给到场的嘉宾。大家都接受了，却有一位大老总说不要了，并嘱咐工作人员把礼品代为转送他人。于是其他嘉宾变得尴尬起来，收与不收，突然变成了一个问题。还是主持人机智，笑眯眯地帮那位领导提着礼品送到室外，硬塞给大老总。此事才得以轻轻松松地结束。

春秋时期，鲁国有规定：鲁国人在国外沦为奴隶，如果有人碰见了，把他们赎回来的，可以到国库中报销赎金。

孔子的弟子子贡有一次就从国外赎回了一个鲁国人。可是，子贡却拒绝去国库报销赎金。因为子贡很有钱，可以说富可敌国，他不在乎这点钱。而且，他觉得赎人回来不要钱，这样才显得更加高尚。这事给孔子知道了，他觉得子贡的做法不对，批评了子贡。子贡你有钱，你可以不在乎这些赎金，但他人却未必不在乎。子贡你愿意放弃赎金当然是你的自由，但你这样一做，马上使得别人相形见绌。如果不向子贡学习，显得没人家境界高；而向你学习则意味着自己要作出牺牲。于是，大家索性不救，才可以避开这种尴尬的局面。这么一来，那些在外国成为奴隶的人也失去了被救赎的机会。由此看来，子贡挨批评是在所难免了。

相反，孔子的另一个学生子路有一次救起一名落水者，那人感谢他，送他一头牛，子路收下了。孔子表扬子路说："这样鲁国人一定会勇于救落水者了。"明白子贡的做法失在哪里，也就明白子路的做法得在何处了。

孔子是中国历史上最伟大的教师，培养弟子三千，其中得意门生达70多人。孔子个人品德高尚，被封为万世师表。关于他教书收不收学费这个事，曾有过不同的看法，持不收学费的人大抵认为，孔子这么高尚，应该是不会收学费的，一旦收学费，就有损孔老师的伟大形象。我对孔子没什么研究，但我个人却以为孔子应该要收学费的。

孔子自己曾说："自行束脩以上，吾未尝无诲焉。"大意是说，自己主动送来十条干肉作为薄礼的，我没有不尽心教育的。这干肉应就是学费的一种。孔子二十来岁时做过公务员，管理过仓库，管理过牧场。临近三十，辞掉公务员不做，办起了私立学校。国家不发工资，如果再不收学费，再伟大的孔子也会撑不住的，当然也就不可能培养出众多优秀的学生。所以，收腊肉是应该的，也是必需的，也并不会损害孔老师的伟大。

实际上孔子有一个著名的观点是：过犹不及。什么事情过了，就跟做不到一样，都是不合适的，都是不好的。引申开来就是，再好的道德，再好的心意，做极端了，也是不合适的，甚至有可能会变成了恶。由此，我们才会理解，为什么阿猛会那么严肃地批评"红包朋友"了。

一些有意思的数字

摘　要： 香精是要熬个五年、十年才加到香水里面去的。人也是一样，要经过成长锻炼，才有自己的味道。

关键词： 二八定律　百分比定律

万物皆有其规律。一些规律以数字的形态表现，细细品之，很有意思。

20∶80 法则也叫二八定律，即巴莱多定律。这是大家都熟悉的。巴莱多是 19 世纪末 20 世纪初的意大利经济学家。他认为：在任何一组东西中，最重要的只占其中一小部分，约 20%，其余 80% 尽管是多数，却是次要的，因此又称二八定律。我们以此来类推：比如你用 80% 的时间获得了你 20% 的知识，或者说你用 20% 的时间学到了你 80% 的知识；一个企业 80% 的利润是由 20% 的客户提供的；你的公司里的 80% 的职工给你创造了 20% 的业绩，而 20% 的员工给你创造了 80% 的业绩等等。

明白了这一规律，我们在平常的工作中，就懂得了抓重点的重要性，即牢牢抓住那关键的 20% 不放松。公司运作中盯紧最能带来利润的 20% 业务；店面销售中，打扮好、推销好最能带来利润的 20% 商品；而作为老总，要管理好带领好为公司做最大贡献的 20% 员工。作为公司的一名员工，自己则要想一想了，自己是公司的"二"这一类还是"八"这一类，并要为此不懈努力。

美国国际投资顾问公司总裁廖荣典有个很经典的百分比定律。

他认为，假如会见 10 名顾客，只在第 10 名顾客处获得 200 元订单，那么怎样看待前 9 次的失败与被拒绝呢？他说："请记住，你之所以赚 200 元，是因为你会见了 10 名顾客才产生的结果，并不是第 10 名顾客才让你赚到 200 元。而应看成每个顾客都让你做了 20 元（200÷10）的生意。因此每一次被拒绝的收入是 20 元。当你被拒绝时，想到这个顾客拒绝了我，等于让我赚了 20 元，所以应面带微笑，敬个礼，当作收入是 20 元。"

这个百分比定律给我们的启示是做事要执着。什么是执着，执着应该就是被拒绝的时候仍然心怀感激，仍然锲而不舍。只要我们能明白，拒绝也是有价值的，那么在推进工作，在与人沟通的时候就可以更从容更自信，业绩也会越来越好，套用一句时下流行的广告词，那就是：越磨砺越光芒。

地产大亨冯仑认为，在正常情况下，人一生交往的关系是 10—30—60。这个 10 说的是你遇到困难时，能借到钱的对象不超过 10 个人，这 10 个人中已包括你的亲戚、朋友、父母。这个 30 指的是熟人朋友，经常打交道的，做过点事的，大概不超过 30 人，这 30 人还包括前面所说的 10 人。另外 60 指的是所谓的熟人，也就是打起电话来记得住这个人，而且也大概了解他的背景，可能很长时间都没见的那种"朋友"，最多也就是 60 个，这 60 个还包括了前面说的 30 个。所以虽然你电话本里人多，但其实多数都记不住，有时候干脆忘了。

人的一生，其实不需要太多的关系就能应付得了。需要花精力去了解的人，其实很少，不会很多，不会超过 60 个。只要把这 60 个人的名单每天盘好，就够你用一生。平日我们讲人脉，讲人力资源，我认为核心在"人"字，作为一个人或一个公司，当你或公司碰到困难的时候，能调动到多少人去帮你协调处理这些问题，这是衡量你人脉或人力资源多寡的风向标。

所以在日常要多认识些多交往些朋友，那具体实践中怎么做才能更好更有针对性？这个关系数字给了我们很好的启示：不要盲目地乱交朋友，并不是所有的人都能给你帮助。要把最重要的 10 个人当作亲人一样对待，要像对待好朋友一样地对待那 30 人，要记得不时跟 60 人联系沟通，比如打打电话发发短信。当然，做这些之前，我们首先要理清谁是那 10，谁是那 30，哪些是那 60。我个人认为，如果再把人数压缩，我们尤其要盯紧那 30 个好朋友，因为，这 30 人是应该最能给你带来机会的人群。

台湾作家林清玄在接受《中国青年》访问时说：百货公司的香水，95% 都是水，只有 5% 不同，那是各家秘方。人也是这样，作为 95% 的东西其实是很像的，比较起来差别就是其中很关键性的 5%，包括人的养成特色，人的快乐痛苦欲望。香精是要熬个五年、十年才加到香水里面去的。人也是一样，要经过成长锻炼，才有自己的味道，这种味道是独一无二的。林大作家的话就很玄了，也颇让人玩味。

经常听到这样的话：这人看起来跟我们也没什么不同呀，凭什么他赚的钱比我们多，凭什么他的位置比我们高。很多时候，我们看到的是那彼此没有什么差别的95%，而对那细微的5%我们却忽略了。所以，我们不免失落不免满腹牢骚。

其实，一个人要成功，总有自己的秘方，有的以技术娴熟专业立足，有的以宽厚待人为本，有的以善于沟通交往为王，有的胜在行动敏锐，而有的则贵在持之以恒。我们呢，我们每个人都要问问，我们自己那5%的秘方是什么？

只有弄清楚了，我们才会有自己的方向，才会有自己的品格。

有能耐的人大多是多面手

摘　要：人应当拥有多维度的竞争力。几种竞争力深度融合在一起，会展现出强大力量。

关键词：多维竞争　斜杠人生

邓同学现在读大二，一心只想把英语学好，其他的不考虑。

我跟他说这想法危险。毕竟现在英语厉害的小孩子都那么多，只单纯地会英语，已不能确保你有更多的机会和额外的收益。而且人工智能时代来临，不同语言之间的即时切换翻译会越来越容易，成本越来越低，所以以后英语的"行价"只会越来越低。我建议他在大学里除学好英语外，再多提升一下其他能力。

简单一些的比如讲授能力、营销能力。这样以后可以当校长，自己招生授课，这肯定比只当普通的老师要强。复杂一些的比如书法技能、史学功底。这样以后可以满世界跑，把中国的魅力讲给世界听，不单可以旅行，还应该会有不错的回报。总之，就是不能仅仅只会英语。

我认识几个厉害的右医学生，医学专业的他们在学校里除搞好本专业学习，还多方涉猎。毕业后日子越走越宽。临床专业的蒋同学非常活跃，在班里当班长，去校报做小编，后来当学校的青协会长，校学生会主席。平时还喜欢钻研政治、历史、地理、军事等领域。当小编练就一手好文章，当学生干部培养出过硬的管理能力。综合多元的知识素养使他无论在后来公选的考试还是在日常的工作中都游刃有余。有人惊讶，一个学医的，写文章竟然比中文系的好，做管理比学管理专业的同学理论还要全面。蒋同学毕业留校几年后，公考到地方从政，这些年工作不断变化，不变的是从未停止进步。

何同学也是临床专业的，一个秀气女孩。在学校的党宣部门当学生干事，玩电脑写文章很是忙，大学毕业不当医生跑去北京做设计，在金山、阿里干过，后来出来自己成立工作室。如今在北京买了房出了书，过自己想要的生活。何同学的书法、绘画、摄影都是超级的棒，她在这些爱好中感受生活的乐趣，这些爱好也让她的视觉设计更平添底蕴。

潘同学是护理专业，校广播电台的台长，大通社的社长，播音主持写稿，协调各种工作也是各种忙，毕业后在省城的医院待了几年，后来出来做自己喜欢的婚庆公司，自己当婚庆主持，很是风生水起。现在又跨界到了养游行业，事业持续推进。

这几位同学共同的特点是，在大学里不仅学好自己的专业课程，还涉猎诸多领域，所以他们总是很忙。

我在"得到"APP 订阅李笑来的《通往财富自由之路》，李笑来在里面讲到一个概念：多维竞争。大意是说多个维度的竞争力比单个维度的竞争力要牛好多。李笑来拿自己做例子，他还在新东方当老师的时候，在单纯的英语专业方面不及别的老师，别人是英语科班出身，他是学会计的；别人留洋归来口语了得，他是土鳖；别人长得高长得帅，他离偶像派很遥远。但他常年的课评却是第一，李笑来说他有秘籍。

一是会计专业的他擅长用大量的统筹方法论帮助学生提高学习效率。

二是喜欢研究心理学的他会用各种心理研究成果帮助学生们克服心理障碍。

三是良好的沟通技巧让他知道如何有效地向所有人清楚地传递任何一个重要的道理。

所以别的老师可能在专业这个维度上比他高，可他从多个维度作战，最终一骑绝尘。

其实一个人也可以是一个"团队"。

自己每多开拓一个竞争维度，实际上就是为自己这个"团队"增加了一名成员。口才厉害的你是团队的首席谈判官，会理财的你是团队的首席财务官，写作厉害的你则是团队的首席秘书。拥有"成员"越多，能够搭配组合的方案也就越多，面对问题，能提出解决的方法当然就越多。也就是说，人应当拥有多种维度的竞争力。几种竞争力深度融合在一起，会展现出强大力量。前面说到的几位同学就是如此。

培养多维度竞争，不是叫大家泛泛学习。而是要在几个维度上有较突出的造诣。最起码，必须有一个维度的竞争力能打败你周围80%以上的人。然后围绕这个维度去延伸，去跨界，让几个维度的竞争力产生化学反应，一旦跨界积累成功竞争力将呈现指数级的增长。

单维度死磕无疑让人在某一个领域足够猛。但因为全部注意力集中在某个维度上，视野和见识会十分狭窄，由于看不到其他维度的事情，往往无法看清世界。这就是单维度竞争的致命缺点。事实上大凡有成就的人，从来不是一根筋，他们在自己的主战场之外都会开辟另外的"战场"（维度），不同的"战场"（维度）之间相互影响。而且由于他们具有多维度的知识，可以用一个维度的知识去解释另一个维度的事情，多维度的融会贯通让他们一览众山小。

有人会有疑虑，要在一个维度上突出本就不容易，况乎多个维度齐头并进。其实，经验是可以迁移的。当你在某个维度上有心得，这种心得在其他维度的学习上往往可以举一隅以三隅反，加速其他维度的学习。通俗说，一种能力裂变成为多种能力的过程中，第一个维度的竞争力获得要花较长时间，但第二第三维度竞争力获得的时间则往往要快得多。此外由于网络的发达，我们能够得到的资讯越来越多。

前两天读到一段文字：从人类文化诞生至 2003 年，人类生产了 5EB 的信息，而现在，我们每 2 天就生产 5EB 的信息，而且持续加速，或许，很快 1 小时就将生产 5EB 的信息。我们正在见证人类社会的巨大飞跃。激动人心的时刻随时都在发生。可以预见由于信息的高速连接，人工智能高速发展，人类提升能力的速度会大幅度的提升。一个明显的例子：著名的哲学家培根曾经认为，要想掌握数学最少需要 30 年的时间。而现在十几岁的学生能掌握的数学知识可能已经远远超过了培根的定义，并且这一速度还在不断提升。

近段时间有一个比较火的词：斜杠人生。斜杠来源于英文"Slash"，最早的来源是《纽约时报》专栏女作家麦瑞克·阿尔伯写的一本书。这本书名字叫《双重职业》。这个女作家提到一个现象，那就是越来越多的年轻人不再满足"专一职业"这种无聊的生活方式，而是开始选择一种能够拥有多重职业和身份的多元生活。从现在世界的发展趋势看，以后很多的人都不再是单杠人生，而是双杠甚至是多杠人生。多重职业的时代已然开启。你可以是某个公司的普通职员，也可以同时是另外一个公司的总经理，这并不矛盾。而拥有多维竞争力的人显然能给自己带来更多的可能性。

最后的话：只要你足够努力，一定可以拥有多维度竞争力。

小知识：何谓 EB？

EB，计算机存储单位，全称 Exabyte，中文名叫艾字节，64 位计算机系统可用的最大虚拟内存空间为 1EB。计算机储存单位一般用 B，KB，MB，GB，TB，PB，EB，ZB，YB，BB 来表示。

你根本配不上明天

摘　要: 我们努力不是为了成为金字塔上的人，我们努力是为了超越自己，驱使自己变得更好。今天的你比昨天好，明天的你比今天更好。

关键词: 工具落差　动机落差

2016 年初，我决定到泰国读书，时间已过一年半。

这段日子过得实在苦。

刚来时是没有自己煮饭菜打算的，这个太费工夫，而且自己又不挑食，觉得凑合着吃食堂或街上的快餐就可以。但撑了一阵还是投降了。泰国美食很有特色，喜欢放各种香料，口味比较重，前面几餐还新鲜，后面就很难受了。于是去超市买好锅头，在小房间里自己干起来。因为在国内基本都没有弄过饭菜，所以基本上天天就煮大白菜，一是这个菜对我来说百吃不腻，二是这个菜不讲究，放水煮到熟就可以起锅，太方便。

吃的总算解决。难解决的是学业问题。校方要求比较严格，导师要求很严格，自己基础比较弱。于是有点像困兽，非常焦虑。为了赶写论文，埋在小房子里除了买菜倒垃圾基本不出门。学校在曼谷北郊，至今我还没有去逛一逛市中心。

有几次都想打退堂鼓了。感觉这样过日子真的会累坏。这时想起一个好友的哥哥跟我说过的一句话：四十以后不学艺。意思是说这个年纪不必那么折腾。也想起读过的一个小段子：某人四十了还碌碌无为，于是跑去找算命先生。算命先生掐指一算，然后问："一个好消息，一个坏消息，你先听哪个？"哥们说，那就先听坏的吧。算命先生说："坏消息是，你四十岁之前穷困潦倒……"那哥们眉头一挑，问："那好消息呢？"算命先生幽幽地说："四十岁之后，你就习惯了。"可是对我而言，并不习惯过那样的生活，但却又对现在这样的生活有恐惧。

让我缓解恐惧感的是低我一届的一位学弟。

他来自北京，是一家大型公司的老总。据说 70 来岁了。但看起来 50 出头的样子，平时都穿休闲装，T 恤都是很抢眼的暖色调。合班上课时，我看到他永远总是坐第一排，认认真真地做笔记。老学弟在群里很活跃，经常发早上赤着上身练剑的图片，那个肌肉我放大了看，还真的很结实。这一下就把我给征服了。70 多了，学习还那么用功，身材管理还那么用心。相比之下，我这点折腾不算什么。

前些日子看大医广场微信公众号的文章，一个女孩子说到自己为什么突然想读研，是因为实习的时候，周围的人只有她一个是本科的，然后在工作中深切地感觉到本科不够用了。看来对比不一定只是伤害，对比也是会有促进。看来榜样的力量是无穷的。

可能是这世界变化太快。作为一名大学普通老师，我总有一种被时代抛弃的担心。因此总希望自己能多学一点。决定到泰国读书也是基于这个想法。尽管也曾波动。但迈出的那一步是真实的。对于学生，我最不喜欢那种得过且过的。最近流行的王者荣耀游戏好多同学就沉迷其中，不单耽误了自己的学习，而且还带坏了一众周边的同学。每当想到这里，我就痛心。在高中阶段，同学们以考上大学为目标，学习格外勤奋。但进入大学，一些同学却松懈了，觉得应该在大学里好好享乐一番。

这方面中学的教育是有问题的，一些老师为了鼓动学生投入学习，喜欢给学生贩卖大学生活美好景象：现在搏一搏，考上大学，就可以放松放松。仿佛大学是人世间最好的娱乐场。但实际上大学意味着要面向职场、进入社会，可不是刀枪入库，马放南山。就算大学毕业，社会的大学又拉开序幕，要学的东西还会更多。所以活到老学到老才是正确的态度。现实生活中我们会看到那些永远不停努力的人，他们的生活一般都不会太差。

《世界是平的》的作者弗里德曼提出一个观点：

现代社会讲究自由平等，阶层不应该固化，但是有一个落差——工具落差。比如，你会用电脑，其他人不会；你会使用金融工具，其他人不会。使用什么样的工具，决定了你的社会阶层，工具落差造成了新的阶层固化。确实是这样，会开车的比只会走路的能走到更远的地方。会用网络的比只会看报纸的能接触到更多的信息。也是因为这样我们看到这么多年农村的小孩跟城里的小孩相比要落后一大截。

但是随着智能时代的来临，工具的使用已变得更广泛和深入。因此由工具落差导致人与人之间差距的力量变得越来越式微。那接下来，会是什么造成人与人之人之间的最大差距？罗振宇认为是：动机落差。他认为现在人类进入了一个新的时代，拥有自我驱动力的人，可以利用简易的工具，进行学习、合作和创新。而没有这种强烈动机的人，即使你拥有所需的资源，也无济于事，这就是"动机落差"时代。

动机，按我的理解，就是目标感。

动机落差指的是内心目标的高下以及去实现目标的驱动力的强弱之差别。先说说目标的高下。日本著名管理学家大前研一写过一本《低欲望社会》，副标题叫"胸无大志的时代"，他感叹：日本年轻人没有欲望、没有梦想、没有干劲，日本已陷入"低欲望时代"。不只日本，我们身边很多年轻人也是这样。尽管每个人内心里都渴望成为大树，但又觉得那样会需要很多付出，相对而言还是当小草要更舒服些。而且为了获得心理上的平衡，还要弄出诸如"我本平凡""平平淡淡才是真""潇洒走一回"等所谓的观念麻痹自己。于是他们的人生注定随波逐流。

相信很多人都看过一个老套的故事：有个人经过一个建筑工地，问那里的建筑工人们在干什么？三个工人有三个不同的回答。第一个工人回答：我正在砌一堵墙。第二个工人回答：我正在盖一座大楼。第三个工人回答：我正在建造一座城市。十年以后，第一个工人还在砌墙，第二个工人成了建筑工地的管理者，第三个工人则成了这个城市的领导者。为什么？因为三人动机不同。动机的差别，导致人生的差别。

对于我们而言什么是好的动机呢？

我觉得不一定是追求功名。那样追求也没有错。但是万一追不到呢？或者追到了发现不是自己想要的呢？著名的管理学者陈春花教授一直在跟踪一些企业。从1992年一直跟踪。她说：我个人20多年的研究跟随这些优秀的企业，我发现它们最大的特点就是自我生长，不太受环境的影响。企业自我生长的内涵，表现在两个方面：一是持续不断的变革转型；二是持续的自我更新。我觉得企业的自我成长也可以移植为个人的动机。最好的动机就是追求自我的成长。我们努力不是为了成为金字塔上的人，我们努力是为了超越自己，驱使自己变得更好。今天的你比昨天好，明天的你比今天更好。这样的目标可以通过努力达到，也一定是会让自己感到快乐和充实。

接下来说说驱动力的强弱。

如果你去观察那些优秀的人，你会发现他们会有一模一样的态度：要做，就全力以赴。台湾漫画大师蔡志忠几十年来每天只睡三四个小时，日中只吃一餐，却从来不觉得辛苦，感觉自己每天都处在喜悦的创作中，有时根本无法停止手中的画笔。

苹果公司的创办人乔布斯说："我 12 岁时，致电惠普的创办人比尔·休利。当时电话簿上没有隐藏号码，所以我打开电话簿可以直接查他的名字。他接电话时，我说，'嗨，我叫史帝夫·乔布斯，你不认识我，我今年 12 岁，我在制作频率计数器，需要一些零件。'他就这样跟我谈了 20 分钟。我永远都记得，他不但给了我零件，还邀请我夏天去惠普打工。"

记者采访百度的总裁李彦宏：听说你每天都要在电脑前工作到夜里十一二点，是不是特别辛苦？李彦宏说，我每天在电脑前一坐，就特别开心，根本不觉得这是在工作，生活不就该是这样吗？而 2017 年 6 月 27 日，90 高龄的李嘉诚连续第 16 年出席汕头大学毕业典礼并致辞。他用近 90 年的人生经历告诉大家：道力之限，要靠愿力突破。

李开复预言：未来十年，翻译、简单的新闻报道、保安、销售、客服等领域的人，将约有 90% 会被人工智能全部或部分取代。同时，他看好五个领域：人工智能、文化娱乐、在线教育、B2B、消费升级。马云更是语出惊人：未来30 年是最佳的超车时代，是重新定义的变革时代。

谁说明天一定会更好？如果你不努力让自己变得更好，你根本配不上明天。

人类可以扔掉驾照了吗

摘　要： 焦虑的一个原因是，我们没有主心骨。

关键词： 人文素养

自驾驶汽车安全吗？答案：是。据一份报告估计，无人驾驶汽车能够让交通事故死亡人数减少90%，10年内便可在美国挽救近30万人的生命。

然而让人更兴奋的是，美国前总统奥巴马在接受《连线》杂志采访时表示：无人驾驶技术已经基本成熟。也就是说不用多少年，可能三五年后我们都不用考驾照了。

但是，我们突然遇到一个棘手的问题，它不是技术问题，而是道德问题。试想一下一辆电车的前方突然闯进五名毫无察觉的路人，挽救这些生命的唯一方式是电车迅速切到另一边，但另一边也有一名路人。也就是说，在救五人生命的同时要有一人付出生命的代价。在这种两难境地，无人汽车能够做出最正确的选择吗？它存在的道德路障是：谁可以被牺牲掉？

所以在扔掉驾照前，我们需好好思考。一是是否应将道德价值观写入机器行为的指导原则。二是如果这么做，机器真的会表现出像人类一样的行为吗？也就是说无人驾驶汽车技术这"一丢丢"的道德路障如果不解决，无人驾驶汽车再有几年就会来临的预测将成为笑谈。

智能时代来临。当我们觉得科技无所不能一往无前的时候，我们在最关键时刻往往发现要解决人类的诸多问题，还是要回到人文的层面进行思考，进行判断。否则可能科技越进步，人类越糟糕。

一位曾在"二战"期间的德国纳粹集中营遭受过非人折磨的幸存者，战后辗转美国，做了一所中学的校长。每当新教师来到学校他都会交给新教师一封信，信中写道："亲爱的老师，我是一位纳粹集中营中的幸存者，我亲眼看到人类不应当见到的情境：毒气室由学有专长的工程师建造；儿童被学识渊博的医生毒死；幼儿被训练有素的护士杀害；妇女和婴儿被受到高中或者大学教育的士兵枪杀。看到这一切，我疑惑了：教育究竟是为了什么？我的请求是：请你帮助学生成长为具有人性的人。你们的努力绝不应当被用于创造学识渊博的怪物，多才多艺的变态狂，受过高等教育的屠夫。只有在使我们的孩子具有人性的情况下，读写算的能力才有价值。"

在一篇文章中我写了"君子不器"，不器就是不拘于、不受限制于技能，把自己放到更广泛的人类层面，去思考人性，思考生命的意义从而做出价值判断。我们的个体生命在人类的大框架中，应该扮演什么角色、具有什么意义？发现自己生命的价值所在，不为形形色色的幻影所迷惑。梁启超当年在协和医院做手术，医生给他切错了一个肾，病情恶化，死掉了。这么重要的国师，肾给切错了，死了。这是一个重大的医疗事故。可是梁启超怎么说？他的第一反应，是请周围人千万别跟媒体说，不要公布。他说，中国老百姓刚刚开始相信西医，还有很多人在观望，旧观念还没转过来，如果因为我的肾切错了，社会上知道了，老百姓又会退却，不信西医，所以别公布。梁启超本可以告医院，也可以气愤地向媒体揭露。但是他没有这么做，他拿自己的命为现代化做牺牲。这是一种基于人文素养的价值判断，是一种以人为本的终极关怀。

知命故不忧不惧。焦虑的一个原因是，我们没有主心骨，我们自己没有思考过生命的意义，我们自己的价值都是以别人来做价值参照系。这样就会越比越失落、越比越迷茫。受到环境的影响，大家都很关注吃的问题，不敢乱吃乱喝了，但是相对于对身体的关注，我们对心灵的关注远远不够。大学教育的职业化是今天的潮流，在这根"指挥棒"以及整个就业市场更为直接的指引下，一些同学将四年的大学生涯看成是进入职场前的"热身赛"，所以热衷学习专业技能，背英语单词，参加社团以及社会实践活动。他们被日常生活中的各种潮流带动。随波逐流最普遍的后果就是，很多年轻的人困惑了：生活的意义是什么？我失落了，我忧郁，我受到各种的压力，我怎么办？

如果同学们在学习技能的同时，能主动自觉地接受一些人文主义的教育，结果可能会大不一样。现代的人文主义在很大程度上是作为科学主义的对立面而出现的。科学、实用与人文、理想是人类生存和发展不可或缺的两个价值向度。人文主义和科学主义的根本区别在于：科学重点在如何去做事，人文重点在如何去做人。科学提供的是"器"，人文提供的是"道"。两者必须兼容并重。而在今天普遍重理轻文的情况，多强调人文则十分有必要。

　　试想，我们在科技领域对伦理决策进行权衡：微信的默认隐私设置应该是什么样的？该容忍些许裸体影像的存在吗？微信该关停与主流观点上相左的账号吗？百度该如何处理关于性与暴力的内容以及误导性文章？在政策领域，是否允许修正人类生殖细胞基因？人类生殖细胞基因修正或许可以消灭特定种类的疾病，减少痛苦，让我们的后代更聪明、更美丽。但它同时也会改变我们这个物种，会让富人有机会炮制出犹如超人的子女……要权衡这类问题，不仅要具有一流的科学素质，还要具有一流的人文素质。只有具备了人文学科教育带来的这种软能力，才可能站在更高的角度解决这些重要问题。

　　哈佛大学的劳伦斯·卡茨说：在我看来，你必须"脚踏两只船"，才能最大限度地挖掘自己的潜能。一个经济学专业的学生，或者是计算机专业、生物学专业、工程学专业、物理学专业的学生，如果正经八百地修过人文和历史课程，也会成为一个更有价值的科学家、金融专业人士、经济学家或者企业家。

孔子最有钱的学生

摘　要：颜回是仁者，相比之下子贡更像是一位智者。智者侧重做事，仁者侧重做人。孔子对颜回的一再肯定，说明做人比做事更加重要。

关键词：君子不器

子贡是孔子最有钱的学生，没有之一。春秋时期福布斯排行榜上的大富商，可以说是古代的李嘉诚。有钱到什么地步？司马迁说子贡依据市场行情的变化做买卖，变成了大富翁（子贡好废举，与时转货资……家累千金）。因为钱巨多，各国的领导人对他都非常客气，给予隆重接见（所至，国君无不分庭与之抗礼）。越王勾践更加过分，听说子贡要来，甚至大老远跑到郊外迎接，然后一路贴身陪同（越王勾践甚至除道郊迎，身御至舍）。就连老师孔子自己也感叹：颜回同学在道德上差不多完善了，但却穷得叮当响，连吃饭都成问题，而子贡这小子不被命运摆布，猜测行情，且每每猜对，富得流油（回也其庶乎，屡空。赐不受命，而货殖焉，臆则屡中）。易中天说要不是有子贡，孔子周游列国的路费都成问题。历史上子贡在中国商界的地位极高，大家把他奉为财神，子贡姓端木，名赐，流传至今的"端木遗风"指的就是子贡遗留下来的"君子爱财，取之有道"的诚信经商风气。

子贡是孔子学生中学习最厉害前五名之一。孔子弟子三千，贤者七十二，然后进一步又有孔子十哲。然后在十哲里面，大家公认子贡可以排在前五名。《论语》是记录孔子以及弟子们谈话的一本书，在里面，子贡出现次数第二多，第一的是大班长子路。子贡经常和孔子探讨学问，深得孔子喜爱。比如有一次子贡问孔子："贫穷却不巴结奉承，有钱却不骄傲自大，怎么样？"孔子说："可以了，但是还不如虽贫穷却乐于道，纵有钱却谦虚有礼哩。"子贡说："《诗经》上说：'要像对待骨、角、象牙、玉石一样，先开料，再糙锉，细刻，然后磨光。'那就是这样的意思吧?"孔子道:"赐呀,现在可以同你讨论《诗经》了,告诉你一件,你能有所发挥,举一反三了。"

子贡是孔子学生当中最有政治才能的人。季康子问孔子子路、子贡、冉求是否可以从政,孔子回答说三人皆可从政,但孔子却分别道出三人之优点各不相同:"由(子路)也果""赐(子贡)也达""求(冉求)也艺"。从孔子列举的三个优点看,我们觉得子贡的优点——"达",似乎更是从政者不可或缺的。所谓"达"就是通达事理,试想一个从政的人如果能够"通达事理",他就会高屋建瓴,从宏观上把握问题的全局和整体,把政事处理得有条不紊。而子路的"果"(果断)、冉求的"艺"(多才多艺),都不过是从政必需之一端。正因为子贡通达事理,又有杰出的"言语"才能,所以他才会被鲁、卫等国聘为相辅。

而最能体现子贡政治外交才能的,是子贡那一次在春秋时期中国大地上来回奔波,以一己之力,重新划分了各国势力。按司马迁所说:子贡一使,使势相破,十年之中,五国各有变。具体而言就是:存鲁,乱齐,破吴,强晋而霸越。风云际会中,子贡完成了中国有史以来难度系数最高的一个壮举,重构了春秋末期的政治形势(故事附在文末)。

子贡这样一个商界巨子、学术精英、政治领袖,他在那个时代取得的成就是两千年来人类都无法达到的一个奇迹。甚至在他那个时代,鲁国的大夫孙武就公开在朝廷说:子贡贤于仲尼。但子贡谦逊地表示:我这点学问本领好比矮墙里面的房屋,谁都能看得见,但孔子的学问本领则好比数仞高墙里面的宗庙景观,不得其门而入不得见,何况能寻得其门的又很少,正因如此,诸位才有这样不正确的看法。但当时鲁国的另一个大臣陈子禽听到子贡的这通解释不以为然,他说你不过是谦恭罢了,难道仲尼真的比你强吗? 由此看来子贡在当时的名声、地位和影响,确实已不在他的老师孔子之下。

那么孔子是如何评价子贡这样一个优等生呢? 其实子贡自己也想知道。有一次他忍不住了。"子贡问曰:赐也何如? 子曰:汝器也。曰:何器也? 曰:瑚琏也。"翻译过来就是:子贡问老师:"您看我怎么样啊?"孔子说:"你是块好料子。"子贡又问:"是什么料子啊?"夫子说:"将来可以成就瑚琏那样的人物。"瑚琏是古代宗庙盛放黍稷的祭器,极为尊贵、绝超华美、实有大用。孔子以瑚琏比子贡,是说子贡对于国家社稷,乃是大器、具有超才、足堪重用。可见孔子对子贡的评价极高。

　　但是问题来了。孔子曾说过一句很有名的话"君子不器。"（《论语·为政》）但现在又说子贡，器也。难道是说子贡不是君子吗？钱穆、杨伯峻两位大家对"器"的解释大意是：器指专才，不器指通才。如果从这方面理解，君子应该是通才之人，但子贡算是专才，离通才还有一丢丢小距离（关于"器"，钱穆先生注释："器，各适其用而不能相通，今之所谓专家之学者近之。不器非谓无用，乃谓不专限于一材一艺之长，犹今之谓通才。"又说："近代科学日新，分工愈细，专家之用益显，而通才之需亦因以益亟。"杨伯峻说："君子不像器皿一般，只有一定的用途。"又解释说："古代知识范围狭窄，孔子认为应该无所不通。后人还曾说，一事之不知，儒者之耻。"）。

　　后来的学者对前面两位大师的解释并不满意。认为不器，是"不限"，非"不为"。君子不器指君子必不自满、不为"器"所拘。君子不是一个有固定用途的东西，君子追求的是道。

　　孔子中肯地评价了子贡，这意思大概是说子贡是个实干家，但还没有达到"君子不器"的高度，没有进入形而上的道的境界。但是他是优秀的人才，是形而下的物用器具的最高者，就像是用于祭祀的稀罕珍贵的宝物瑚琏。这一方面肯定了子贡的才能，子贡会因此受到鼓舞；另一方面指出了子贡的不足以及需要改进的方面，那就是要向道的方向迈进。我个人比较认同这个解释。人生在此世间，学习各种各样的知识和技能，或为衣食、或为职业所需、或以兴趣才能所致。"器"是比喻人生发展在这些外在制约下的结果。而孔子所谓不器，重在提升人格境界，追求成就仁人君子。

　　其实孔子最喜欢的学生是颜回。不过，从这里我们也可察知，孔子对子贡并没有非常满意。

　　颜回居陋巷，家里穷得叮当响，一生也没当过官，据说还比较木讷。但孔子对他总是赞不绝口。一是这个人非常好学且执着。孔子说：听我讲述而始终聚精会神不开小差的，大概就只有颜回一个（"语之而不惰者，其回也与"），孔子还说：我只看到他前进，从未看到止步（吾见其进也，未见其止也）。甚至老爷子一高兴，就"贤哉，回也"地猛夸，人才啊，人才啊颜回。二是颜回一心钻研的是孔子"仁"的学问。他说颜回能够做到"三月不违仁"，而其他弟子只是短时间偶然想起一下"仁"。在孔子看来，唯有以"仁"为根本，人们才能够明智，才能够分辨与判断是非，"唯仁者能好人，能恶人"。人们才能坚守住正确的立场，不至于为各种利益所诱惑，不至于放弃原则，也正因为颜回学得进，他体现的人生状态让孔子极为赞赏。高尚啊，颜回这孩子！住在简陋破旧的房子里，用一个小竹筐盛饭吃，用葫芦瓜瓢舀水喝，谁都无法忍受这样穷得叮当响连个饭碗都没有的清苦生活，颜回的心里却没有一丝愁苦，仍然是那样快乐（贤哉，回也！一箪食，一瓢饮，在陋巷，人不堪其忧，回也不改其乐。贤哉，回也）。正所谓仁者无忧，只要精神富足，人生也能乐在其中并感到幸福，而且这种幸福是来源于内心深处的。这是孔子的幸福哲学。简言之，孔子之所以喜欢颜回，是因为颜回是真正的"不器"，他对人性的思考、对生命的关怀以及对幸福的感受正体现了孔子学说的根本"仁"。因此回过头来，颜回是仁者，相比之下子贡更像是一位智者。智者侧重做事，仁者侧重做人。孔子对颜回的一再肯定，说明做人比做事更加重要。用现在的话说，就是做人比什么都重要。所以在教书育人时，孔子总体上是把修为摆在才艺习用之前的。

子贡挨孔子批评。和颜回总是得到老师表扬相比，子贡这样的牛逼之人还是挨老师"K"了几次。

一是赎奴事件。按照鲁国当年律例，若有人从邻国赎回被掳作奴仆的鲁国公民，可以从国库支取赎金。子贡赎回了奴仆，却拒绝申请公费。孔子知道后，劈头盖脸地把子贡教训了一通。子贡自损财物做好事，本应该被树为道德典范，孔子为何反而要批评他？因为子贡把社会表面的道德标准提高了。以后谁若赎回同胞后再去领取国家的赎金就会被认为是不道德的，你看人家子贡都不要，你好意思要吗？然而又有几个人有足够的财力可以保证损失这笔赎金不至于影响自己的生活呢？孔子批评子贡，是因为照子贡的做法，以后赎奴的人就少了。而对于被掳作奴仆的鲁国公民会造成更大伤害。

二是前面我们提到"存鲁，乱齐，破吴，强晋而霸越"一事。为了扩张自己的势力，田常准备攻打鲁国。孔子安排子贡前往齐国劝止。在说服田常的过程中，没想到又把吴国、越国、晋国的利益牵涉了进来。不得已，他只好一路奔波下去。纵横斡旋的结果，竟然一举数得，不仅让鲁国得以保全，还促成了齐国乱、吴国亡、晋国强、越国称霸的联动效应。如此扭转时局的外交壮举，孔子非但没有褒奖，还告诫他要谨慎地使用语言的力量。尽管是孔子本人所托，但孔子对子贡这样只讲结果而没有原则的引祸水于他国他人的做法并不认同。

三是方人事件。子贡太聪明，往往聪明的人有个毛病，喜欢耍小聪明，卖弄聪明。"方人"，讥讽、比较的意思。子贡老喜欢拿自己和别人比。所以孔子就批评他。孔子说："赐啊，你真的就那么贤良吗？我可没有闲工夫去评论别人

(子贡方人。子曰：'赐也贤乎哉？夫我则不暇')"孔子"仁"的核心里面有一个字"恕"，大意是己所不为勿施于人，做人要宽厚。孔子认为子贡还没有做到这点。

在孔子的学生当中，我个人最喜欢子贡。子路太鲁莽，颜回太像孔子，没有自己的个性。子贡为人通达，水平高，而且非常尊敬老师。但话又说别来，哪怕像子贡这样聪明绝顶的人物，如果在"做人"的修为方面功夫下得不够足，做起事有时就会考虑有所不足，会有瑕疵。

一句话：学做人比学做事重要。

微链接：

齐国想要攻打鲁国，孔子特别着急，毕竟鲁国是他的故国啊，很多弟子都想要去游说，孔子只让子贡去了。子贡去见了想要攻打鲁国的田常，他知道田常在齐国是不得宠的，就跟他说，你即使攻下了鲁国也是没有任何用处的，毕竟鲁国太小了，你在齐国的地位不仅不会因此上升，而且还会有反作用，会让那些跟齐国作对的人力量更加强大。所以不如攻打国力比较强大的吴国，即使你们失败了，这样你们国家反对你的人就不会再有兵力，齐王就只能依靠你了。田常觉得自己这样出尔反尔不好，子贡就让他等着，自己会游说吴国，让他们主动攻打齐国，于是田常就耐心等待。子贡就见了吴王，先夸他，然后让他攻打齐国救鲁国，但是吴王有顾虑，怕越国趁机打自己。子贡说去游说越王帮助他，让他没有后顾之忧。子贡又告诉勾践这件事，让他报仇灭了吴国，吴国赢了会攻打晋国，自己会告诉晋国准备好。吴国就会输，你就能灭吴国了，越王就去帮助吴国打齐国了。晋国也在子贡的告诫后做好了准备。吴王果然赢了之后打了晋国，兵败了，越王马上攻打吴国，吴国和越交战输了，又防守，被勾践围起来了，国灭了。这就是子贡一出使，导致五个国家都发生了巨变的故事。

那些似是而非的理由

摘　要：人很容易为自己行为的失误或过失找到各种似是而非的理由，以保持心理平衡。

关键词：认知失调

我家楼下新开了一家生榨米粉店，我们百色本地都有早餐吃碗粉的习惯，但由于每天上班都很匆忙，一直没有机会去尝尝味道。

这个周末刚好有时间，路过时看到那门店人不多，就决定进店去吃个早餐粉。

其实我这个决定一开始就是错误的。大家都知道，去一个陌生的地方，如果没有当地朋友推介，要看哪家粉店的米粉好不好吃，首先要看排队的人是不是够多。我曾经在南宁的一家牛腩粉店排过队，几十号人一长溜，排到了街上——后来事实告诉我，那家的牛腩粉味道确实不错。

进了店，才发现就自己一个顾客。一个年轻小伙子正在那里伏台玩手机——估计不是老板就是服务员了，反正就他一个人。

见了我，他抬头来了一句："可否等一分钟？或者 50 秒？我这关就要过了！"

真是服了这人，对顾客也可以这样?! 但我还是回了一句："不要紧。"

等待的时间里，我观察这家店——倒也宽敞干净，就是百色火炉般的大热天，竟然连电风扇都不开。

倒也不用等太久，也就一两分钟的时间，小伙子起身去榨粉了。

他一边麻利地忙活，一边叹气："就怪我没准备好就匆忙地开张了……"他似乎在为门可罗雀的冷清店面作辩解。

我加好配料，掀开汤锅伸勺正要打汤，一股热烫的蒸汽冒出，我那握勺的手火辣辣的痛："这汤……"

"哦，这汤少了点。现在人不多，我就少放了！"没等我说完，老板就赶紧作了解释。我回头一看，他已经回到台桌前继续玩游戏。

其实我只想跟他说，这汤锅应该像其他店一样，装个水龙头，就不怕被蒸汽烫伤手了。而他似乎什么都能预先知道，包括我们顾客想什么，要说什么。没给我说话就直接去作了回答，而且对自己的猜测没有丝毫怀疑，也就没对我的手被烫说一声"不好意思"。

"这风扇……"我本想叫他打开风扇。

"没人来，开风扇也没有用。"他又抢了话，做了自认为的合理解释。想来先前应该有不少人就他生意不好给了不少的批评。

我觉得无须再说什么了，自顾打开风扇吃了粉。我不知道是心情不爽，还是这家的榨粉手艺太差，反正就感觉特难吃。

隔几天路过的时候，发现这家店的卷帘门紧闭，上边贴了几张白纸，连续几天路过看到的都是如此。

我不知道这几张白纸上所写的是不是有关转让的内容，但我猜想这店面的结局，大抵也是如此了。

这小老板似乎已经找到了生意受挫的原因，也采取了一些补救措施。但他似乎没有把痴迷于手机游戏当作主要的原因去分析，所采取的补救措施也是消极被动式的，甚至是自我毁灭性的：少备汤水似乎是节约了开支，但烫手的蒸汽会把客人来一个吓跑一个；节约了风扇电费，但也会让顾客望而却步。

最重要的是，他对自己的分析判断坚信不疑，甚至不再给其他人任何提批评、建议的机会。

这让我想到了60年前费斯廷格的那个"认知失调"心理。

认知失调本来是心理学上的一个术语，最早由费斯廷格提出，并发展成为一种理论。在费斯廷格看来，所谓的认知失调是指由于做了一项与态度不一致的行为而引发的不舒服的感觉。

理解枯燥的概念，如果从故事开始可能更容易些。

20世纪50年代，美国有一个邪教组织的头目在报纸上声称接触过外星人，外星人告诉她世界将会在12月21日毁灭。她把这个消息扩散给了朋友，于是受其蛊惑很多人抛家弃子去追随她，因为她公开宣称真正的信徒会在末日被拯救，宇宙飞船会来把他们接走。

　　然而"末日"那天宇宙飞船并没有来，但信徒们最终没有去怪那邪教头目给他们编了谎言，而是更加信仰邪教头目了。这些人对预言的失败做出了新的解释："外星的神明对我们的信仰感到很满意，于是决定再给地球一次机会。"

　　"我们拯救了世界！"

　　……

　　人们关注这一理论，正是因为它揭示了一种容易被人忽视的心理，即：人很容易为自己行为的失误或过失找到各种似是而非的理由，以保持心理平衡。

　　但这一种心理自我调整，最终可能导致自己在错误的道路上继续行进，"死不悔改"。

　　比如，这两年外语系创办了"九点阳光"外语实训基地，招了一些小学生进行英语培训，目的是为外语系英语专业的学生提供外语培训的实践学习机会。但有些大学生去"九点阳光"后，接触了那些活跃而个性突出的小学生，感觉管理和教学的推进难度很大，于是有一种说法在实践的小老师们当中传开来了："九点阳光的那些孩子，特别皮，很难管！"

　　他们也不去分析——为什么这些孩子在小学里边能管得住，到了九点阳光就管不住了？

　　这其实是为小老师们的"束手无策"拿不出办法作开脱。但大家都这么说，于是更加坚信，到九点阳光学习的孩子都是熊孩子！

　　这种说法越传越广，吓得那些本来有意去九点阳光实践的其他大学生都不敢去了。

　　由"认知失调"理论可知，说九点阳光的孩子特别难管，就是为自己在九点阳光实践的受挫找到心理的平衡。不承认自己的无能，不想"迎难而上"，所以死抱着这一说法，最终为自己的失败找到心理安慰。

　　现实中这样的例子还有很多。

　　比如，学校里特别漂亮的女生一般都是万众瞩目，但绝大部分的男生都不可能得到漂亮女生的青睐，于是各种说法出来了：这个女生跟某男老师（或是某富家公子）好上了；这个女生很孤傲；这个女生考试都是抄袭的……凡此种种，大家都为自己与漂亮女生的无缘找各种各样的心理平衡点。

　　有这么一个故事。有个老奶奶是一位虔诚的佛教徒，每天早上都要烧香拜佛。她的菩萨供台比较高，每次老奶奶都要拿一把小凳子垫在脚上去给菩萨烧香。有一天，老奶奶不小心从小凳子上摔下来，把腿给摔断了。孙子去看奶奶，跟奶奶说，"您看您烧香拜佛50年，最终菩萨把您的腿给摔断了。"

奶奶很生气，说："你这个臭小子你知道吗，这是菩萨对我好。正因为每天烧香拜佛，所以菩萨只是把我的腿摔断了。如果我不烧香不拜佛的话，你今天可能已经看不到我了，我可能已经被摔死了。"

这也说明，认知失调的调整过程，有时候也不一定都是坏事。

比如有些人毕业后出去工作，刚开始薪水通常都是不太高的，于是就有些人煽动跳槽。

但总有人能坚持下来，他往往这么想："虽然我现在的薪水不高，但这是一份很有意义的工作，使我的个人价值得以实现，所以我还是要好好地工作。"这是一种很好的心理调整，往往能有效减少失落感。而很多事业的成功，往往就是因为有坚持。

内分泌失调总不是什么好事，但认知上的失调并非都是坏事。

少做一点不会死

摘　要：不做什么比做什么更重要
关键词：断舍离

我躺在床上刷手机，读到一句"同学已经年薪百万，你还在抢两块钱的微信红包，这样的人生不值得过。"老脸不由一红，好像别人说的是自己。自己真的有时还会怪自己没有及时盯紧手机，耽误了抢红包的时机，那感觉好像损失了几个亿。其实这么多年抢红包，加起来并没几个钱。但是为抢红包浪费的时间还不少。以前嘲笑有些大妈为了买便宜几毛钱的菜对比几个菜市场才愿出手。现在看来，很多人跟大妈们并无不同，都是为了几毛钱挥霍大把光阴。

生活中这种"一分钱智慧几小时愚蠢"的事例其实还不少，比如为省两元钱而排半小时队，为省两毛钱而步行三站地，为省几块钱花了好几个小时在淘宝上比较等等。每天忙得不亦乐乎。其实这都是很不划算的。对待时间，就要像对待经营一样，时刻要有一个"成本"的观念，要算好账。

人生按照80年算，不过3万天，900多个月。每天24个小时，这个人人都一样。但现在我们总感觉时间比以前更少了。那是因为这个世界几年产生的数据就比此前全部人类文明产生的数据还要多。一天只有24小时的总量没变，但我们面对的信息总量却大大增加。所以会感到时间的不够用。因此很多人就感叹时间都去了哪里？日复一日年复一年地忙忙碌碌，回过头来却发现好像啥也没做成。因此他们怀疑自己是不是在假装生活。

世界纷繁复杂。人的能力也不断提升，但和纷繁的数据提升相比，那点能力提升算是微不足道。因此时间变成了稀缺的资源。聪明的有钱人于是就喜欢用钱买时间。为了省家务时间请菲佣；为了减少漫山遍野地找有效信息花大把时间，他们直接付费请专家帮收集或解读，美其名曰知识付费；为了节省工作时间，他们花钱买好的工作设备。李笑来说很多人的观念是金钱大于时间，其实正确的是时间大于金钱，所以能用钱买到时间的尽量用钱买。然后把省下来的时间用在自己最重要的事情上面，浪费在最有价值的事业上。因为只有聚焦专注地做事情，事情才有可能做出高度，才能产生更大的价值。

平民老百姓没有钱去买时间，很多事情还得自己完成。但是，我们可以在很多方面给自己做减法。减少那些不必要的杂碎事情，从而让时间花在最有意义的事情上面。最近有一个词出现比较多，叫"断舍离"，是一个叫山下英子的日本人提出来的家居整理、收纳术。

"断"指不买、不收取不需要的东西；

"舍"指把堆放的无用之物全部清理掉；

"离"则指抛弃对物质的迷恋，让自己处于简单、舒适的空间之中。

从深层来看，这种家居收纳术是一种活在当下的人生整理观。倡导的是一种极简的生活样式。运用到我们的时间管理当中来，也就是要减少外界无端的干扰。因而，谢绝那些无聊的人和事，包括一些没有营养、只会长赘肉的应酬。不做什么比做什么更重要。如果每天的精力都被牵扯得四分五裂，就很难做好事情。该断的断，该回避的回避，让自己静心高效地处理重要事情，人生会大不一样。

我身边刚好就有两个不同类型的人，应该说他们为人都不错。但做事的风格却有很大不同，A是热情的女生，乐于帮助别人，随喊随到花费多少时间甚至花费钱也都愿意。同时爱凑热闹，凡有活动必踊跃参加。因此每天日子过得忙碌充实。B特立独行，能不参加的活动尽量不参加。比如搞一个集体活动，他会说我也出一份钱，但我还有别的事，祝你们玩得开心，我就不参与了。然后基本每天钻进学术里上下求索。几年过去了，B拿下好几个课题，职称也上了，职务也上了。A还是一样的快快乐乐风风火火，但事业上却暂时还没见有太多起色。我觉得两个人的生活方式没有对与错。但就我而言，我更欣赏B。因为人最应该对自己负责，B做到了让自己不断地成长，做到了往最好的自己的方向不断靠拢。

驾驭碎片化阅读

摘　要： 不仅阅读时间碎片化，更重要的是所阅读到的内容完全碎片化，没有形成知识体系，也没有思考。我们变成了人云亦云的那一类人，丧失了思考与判断的能力。

关键词： 碎片化阅读

几个好友很久没有见面了，一放假S君就召集大家到河边一个小店相聚。人是到齐了，但菜还没上桌。只见大家落座后，都纷纷从口袋里掏出手机，各自低头划屏幕。等到菜上来了，大家开始觉得聚会已正式开始，就放下手机开始找些话来说。但很快又不自觉地掏出手机来看。甚至有些人不知不觉地沉迷于手机中，偶尔抬头回应几句，但已然心不在焉了。

"又玩手机了？在看什么啊?!"有人觉得场景比较尴尬，提出了意见。"没什么啊，你们聊，我在听呢!"

似乎也不太好怪罪——人家是一边陪着坐，一边用手机阅读呢。正应了那一句：聚会是一群人的独处，孤单是一个人的狂欢。

阅读是一种好事，碎片化阅读似乎也是一种时髦。与沉湎于网络游戏和追剧相比，能投心阅读，算是品味比较高的了。没有阅读，就没有信息，更难有见识和思想。网络时代，人们彼此的联系更加便捷了，但事情更多而人更忙了，忙得连读一本书的时间都没有了。忙是一种无奈，虽然有的人将之作为一种炫耀。

记得很多年前我曾经向一位颇有学问的长者请教了这么一个问题：工作这么忙，都没有时间读书了，怎么办？

长者以自身的体验和做法教我：床头上放一本书，沙发上放一本书，餐桌上放一本书，卫生间也放一本书，一旦有点空隙就翻书看看，每天看一点，日积月累阅读量就上来了。

我曾经按照长者的方法这么做过，但最终还是没有坚持下来。因为电话比较多，而且我还喜欢抽空练点书法，做医生的朋友也警告说，蹲卫生间的时候进行阅读是一种不健康的习惯。况且我经常教育小孩子吃饭要专心，不能自说自话。

但这些方法却慢慢流行了起来，还拥有了一个专门的名称叫"碎片化阅读"。百度百科把"碎片化阅读"定义为以手机、电子书、网络等电子终端为主要载体。我觉得这是不够全面的，早些年智能手机还没普及的时候，我已经跟那位长者在进行碎片化阅读了。

之所以百度百科有这样的定义，也是因为近年来，随着智能手机的普及，很多人开始发现在手机上阅读很方便，空闲时间随时都能掏出手机来阅读。于是在公交车、高铁、地铁、会场、教室、餐馆等各种场所，到处都看到很多在埋头看手机的人。甚至我们还时常能看到这样恐怖的场景：有些开小车、开电车的人也都在一边开车一边看手机。这是一个发展迅猛的"新民族"，叫"低头族"。

当然，埋头玩手机的人不一定是在阅读，但"碎片化阅读"的人现在都成了"低头族"。而不少人慢慢发现了这样的问题：自己每天坚持做了大量的"碎片化阅读"，但见识却没有多大的长进。

有人感叹：阅读的时候感觉读到不少新东西，但很快就忘掉了，甚至收藏夹里收藏了什么，都不记得了。有些内容似乎有点印象，但收藏的内容又太多，需要的时候找都找不到。

这就是问题所在。我们做了大量的阅读，然并卵。

有人说，"碎片化阅读"犹如服用春药，我觉得这个比喻较为恰当。每天都在争分夺秒地进行"碎片化阅读"，花费不少精力，自我感觉充实而强大。但阅读到的那些内容没有变成自身的知识，认识和见解没见增长，甚至还有退化趋势，"三日不读书，便觉言语无味，面目可憎"——做了那么多"碎片化阅读"，结果还是等于没读书，可怕！

核心的问题在于，我们的"碎片化阅读"，不仅阅读时间碎片化，更重要的是所阅读到的内容完全碎片化，没有形成知识体系，也没有思考。我们每天看的微信QQ文章，一些新闻，一些史料，往往也只是一些章节、片断，长一些的文字我们已经看不下去了。我们的阅读已经表面化，没有深入，这也显示出我们的阅读能力在下降。

思考上也在慢慢失去能力，觉得 A 的观点有道理，B 的说法也对——哪怕 A 和 B 是针锋相对的。我们变成了人云亦云的那一类人，丧失了思考与判断的能力。

知道这些问题所在，你是不是还要每天盯着手机作无用的"碎片化阅读"？当然，"碎片化阅读"并非一无是处，更何况我们也不可能去除它，都回到大部头阅读的时代。我们所需要的是，如何去优化它，不仅做碎片时间的主人，也要能主动驾驭信息和知识。

"碎片化阅读"者虽然在阅读时有所选择，但往往也只是在网络推送基础上所进行的选择。网络时代的书籍、信息繁多，加上自媒体的出现，更是浩瀚如海。就算有一目十行的阅读能力或是做提纲式的阅读，也无法穷尽所有。所以有必要结合自己的专业、自己的发展、自己的兴趣，对阅读进行一个规划与分类。

比如，你对百色本地的历史、地理感兴趣，你不光要对百色当地的媒体推文加强关注，对接最新的研究成果和发现，还要主动而有计划地去搜索相关的信息进行研读，甚至到图书馆、史料研究部门去借阅那些没上传到网上的资料。这才能做到对阅读的主动驾驭和把控，从而所得到的信息和知识才是系统的，在有关知识信息的使用上逐步形成自己的能力。

再比如你想对"现代战争"进行研究，仅对那些军迷网上的信息进行阅读是不够的，因为上边的信息很多是纯属个人杜撰，彼此间都有太多的矛盾。所以有必要主动购买和借阅相关权威的书籍。哪怕这些书很厚重，你可以在购买纸质版的同时再加购电子版，在家可以阅看纸质版，外出时可以利用零碎的时间浏览电子版。这就不是传统意义上的"碎片化阅读"了。

如此的"碎片化阅读"，才是有益无害的。

还记得自己高三的模样吗?

摘　要：懒惰久了，稍稍努力一下就以为自己在拼命。

关键词：学习压力阈值

和 S 哥同路，遇见穿着暴露的性感女人，我忍不住偷偷瞄一眼。回头却发现 S 哥气定神闲，目不斜视。

为什么会这样呢。我认真思考。答案是阈值使然。

阈值，到底是什么东西？阈的意思是界限，所以阈值又叫临界值或阈强度，是指释放一个行为反应所需要的最小刺激强度。低于阈值的刺激不能导致行为释放。比如有一头骆驼，往它身上压稻草，一根一根地压，当压到 N 根时，还没有被压倒，又压了一根，倒了，这时所有压在骆驼身上的稻草的多少，就是压倒这头骆驼的阈。只有到了这个值，也就是到了这个临界点或者说到了这个强度，才会导致骆驼"倒地"的行为发生。不同的人，对待同样的刺激阈值是不一样的。老陆见到美女着装暴露就要偷瞄，而 S 哥却不为所动更不会倒地，这说明 S 哥的性刺激阈值比老陆的要高。同一个人，不同的时段对待同样的刺激阈值也不一样。比如刚刚在性爱当中得到满足的人，对于性刺激反应会变得迟钝甚至没有反应，这意味他的阈值增加了。另外，长时间没有接触女人的成年人往往一见到年轻女人就很容易激动。所以就有那句：三年不见女人，见到一只老母猪也觉得眉清目秀。

总的来说当今年轻人性刺激的阈值是普遍提高了。同样，爱情的阈值也提高了。以至于有人爱不起来了，成了"爱无能"。少女怀春，少男钟情本来天经地义，接下来男婚女嫁，繁衍生息，这是人类的自然进程。但现在这个自然的程序好像有点乱了。特别是女孩子天天追韩追泰追国产偶像剧，男一号全是帅气多金，若干男二号三号四号五号也是英气逼人。女孩子看得花痴乱颤，舌头抽筋。"林更新看人的深情好迷人啊啊啊啊啊啊啊啊啊啊啊啊啊啊啊啊啊，超帅呀；昨晚的薛和今晚的薛……天呐太好看了吧……薛染灰发真的好帅；最近特别迷泰剧，泰剧的男生好帅……"结果爱情阈值被活生生抬到天上。本来挺好的隔壁班男生来表白却什么也没感觉，和电视里一比实在天差地别呀。于是熬成剩女也不愿屈就。男生当然很愤懑，丫的，这分明是哄抬物价嘛。男生其实也一样，一帮人时不时猥琐地对着屏幕挑剔：腰太粗、臀不够翘、这个是飞机场……没毛病吧？现实生活中比这个女孩子还差上一倍的也轮不到你追。

　　吃的感受阈值也提高了。小时候让我们喜欢到癫疯的某个零食，多年之后专门特地去找去买去吃还弄得很有仪式感的样子，可再也吃不出以前的美味了。当吃过越来越好吃的东西，我们的舌尖变得越来越挑剔。那点小甜点再也哄不了我们。其实应该说衣食住行、吃喝玩乐很多方面我们的感受阈值都在直线提高。都在往好的精致的贵的靠近，那种简单的快乐越来越难以体会得到。

　　其实以上种种阈值的提高都不是老陆想说的重点。以上种种阈值的提高对于我们而言有好也有不好，一下子还真说不清楚。但下面我要说的学习压力阈值的降低却是明显的让人担心。

　　和很多同学聊天。他们认为人生当中最拼命的是高中那三年。每天累成狗那真是不堪回首呀！他们喜欢这样回忆。然后他们还有经验：上大学之后考四级越快越好，这时高中学习的底子尚在容易过。如果一次不过，越往后就越考越难啦。

　　大家也知道学习的好，但就是不喜欢学习。太苦嘛。所以天气太热太冷都不能学习，身体会难受，不热不冷也不适合学习，这时不去浪会难受。饭前不适合学习，太饿。饭后也不适合学习，犯困。总之一学习就会出状况，这种人的学习压力阈值低到 0 了。翻一下书就担心要像那只骆驼一样倒地而亡。所以他们上课要么睡觉要么刷手机，课后则是"亡者农药"。他们一生都在避免学习以保卫自己的生命。

　　一些人阈值有一点，还能翻几页书。但学习了一会儿，就有点累，估计是压力阈值到了。所以要用休息和放松来犒赏自己。一天学习三天晒网说的是这种人。再有一些人，会更坚强一点，平时不大看书，但考试月突然发力，竟然能通宵复习了。考试一过，把书一扔，认为考试的日子简直不是人过的，我都佩服我自己了。"懒惰太久了，稍稍努力一下都以为是拼命"说的就是这种人。嗯，这种人其实蛮多。

　　还有一些人，还蛮有上进心的。比如决心学英语，每天半小时，天天要打卡，先暂时打个十年吧他们这样规划。而且为了显得有气氛，还呼朋引伴邀人进打卡群，弄得仪式很隆重。可过几天群主却找不着了。打卡的队伍也越来越少。这点我是深有体会。加入了几个学生的打卡群，开头总是热闹，结果总是寂寥。还有一些同学，喜欢拷老师的课件，一下课就来问：老师课件可以拷吗？显得好学的样子。还有同学热衷去收集各种各样的学习资料，做成好看的文件夹。还有些同学喜欢研究学习方法，一个接着一个。都很好学的模样。但实际他们却没学成啥东西。他们只是弄一个学习的仪式就结束了学习，或者研究一个学习的方法就结束学习。却并没有继续再往前走下去。

　　前面我写了一篇文章提到努力和选择的问题。我说选择在前，努力在后，顺序不一样。然后读者就认为选择最重要。其实那篇文章我想说是价值观最重要。可能是写得不够清晰，大家都把重点放到选择上了。我这里继续往下说，努力也很重要，特别是选定了目标之后，最最重要的就是要走下去呀。

　　迅速去行动就对了，不要叽叽歪歪磨磨蹭蹭。死扛下去就对了，不要总想抄近路或者半路打退堂鼓。当你在感叹：我这么努力，为啥还是过不好。这时问问自己，真的足够努力了么？

　　这个世界就是如此，简单而直白，你偶尔的努力，以为自己是在拼命，却不知道，周围有多少人抓紧分分秒秒的时间努力，已经成了生命的常态。我亲眼看见，年轻的农老师为了抢时间，安一个睡椅在办公室，没日没夜的学习，困了就躺一下眯个眼然后继续奋斗。我亲眼看见，年轻的高老师几年如一日的伏在办公室里钻研课题常常熬到凌晨两点。他们的学习压力阈值才是真正的高。一切果都有它的因。当我们羡慕他们总能踩准节奏、把握机会时，其实我们忘记了那无数个毫不起眼的日日夜夜才是关键。而一切的核心都在拼命学习。他们真正做得到在每一个醒来的清晨，告诉自己：梦想面前，努力到无能为力，拼搏到感动自己！

　　孔夫人老人家早就清楚学习的苦。他说十来户人家的一个小屯，一定有一些像我一样的老实人，但像我这样好学的人却并没有呀。你看，老人家夸自己的并不是老实，而是好学。在孔老师看来，做一个好学的人比做一个老实的人要难得多。与吃喝玩乐相比，学习压力的阈值从来都是低的。而且我怀疑随着吃喝玩乐感受阈值的提高，学习压力的阈值会变得越来越低，两者此长彼消产生负面影响。娇生惯养的人大多是吃不得苦的。像学习这种需要寒窗苦读的事当然会受影响。

　　但不管时代如何变迁，我们总是可以看到一些生猛的人，在学习上一路狂飙，从不刹车从不熄火。他们把自己弄得天天都是高三的模样。他们的阈值强度大到你无法想象。你问他们如何做得到？我也不知道。但有一点是可以肯定的，他们对自己真的够狠。

警惕你的弱者思维

摘　要：在这样一个大拐弯的时代，更多人有了更多的机会去赢得人生。前提是：你要上进，你要努力。

关键词：弱者思维

我居住的是一座小城，平时少有机会坐公交车。有一次挤了上去，一抬头车上竟然有一群曾上过我的课的女同学，她们发现我后顿时热情大声地问好，搞得我有些不好意思。这时，和我同时上车的一个老人家却大声嚷嚷起来：年轻人，你们这帮年轻人，都不会让座，你们素质这么低呀，让开让开……硬是把一个女同学从座位上赶了起来。被老人家这么一搅，大家全部不作声，整个气氛很尴尬。我闪到另一头，尽量离这个中气十足的老人家远一些。让座是可以，我想这些女同学也都乐意，但在这种完全没反应过来的情况下被一个老人家轰走，确实郁闷。下车后，有女同学嘀咕说：老人家也这么坏，有话好好说嘛。另一位同学则说：不是老人变坏了，是坏人变老了。

据此并不能就认定这个老人家是坏人。但老人家的思维模式却值得我们思考。老人家认为他是老人，所以别的人理所当然就应该让着他。是的，他是弱者，他应当得到别人的照顾。老人家是这么想的。这种思维模式是典型的"弱者思维"。弱者思维一个重要的特点就是"我弱我有理"。我是弱者，别人就应当帮助我，应当同情我，否则就是不对的。

不仅是这个老人家，弱者思维在很多人身上都有所体现。我自己也不例外。有阵子，学校组织申报课题，我也认真写了一份。在申报理由那栏，刚开始有段话我大概是这样表达：因为在此之前本人从来没有得过课题立项，所以本次申报应当得到重视。一个专家看了初稿后，提醒我说，你这样表达是不对的，你之前没得过，并不是这次应该得的理由。评审人并不因为你没得过就同情你，让你立项。人家的标准永远就是你有没有水平，达到达不到立项的要求。所以，你要努力去证明你的经验和能力，让他们完全相信你有能力胜任这个课题研究。博同情是没有用的。专家一席话，听得我心里很羞愧。一直以为自己很坚强，不知不觉自己竟也陷入弱者思维当中。

每个人都希望自己得到更多。那些习惯弱者思维的人，认定自己没有办法或者没有能力拿到更多。于是就寄希望于别人能主动给。但让别人这么平白无故地给自己又好像说不过去。按心理学家费斯汀格的观点，这样会引发认知失调。于是为了减轻或解除这种不协调状态，人们就会找理由，努力让认知达到平衡。

一种是自怜自艾于自己的出身、长相、运气，拼命去展示自己的弱。其潜在的含义可能是：我都这样了，别人给我一点总是应该的。

另外一种则是向外找平衡。一些人则拿社会习俗说事，尊老爱幼、扶贫帮弱是老规矩。我老我少，我贫我弱，你们就应该帮我，如果不帮，你们就是没规矩，没素质。一些人拿别人说事，我之所以弱，不是我的原因，只是社会对我不公，我是怀才不遇。你们成功只是因为你们运气好，你们有关系有背景。甚至，你们这么成功，肯定是不择手段得到的。比如一个女生开着豪车，她一定是被包养了之类。所以，我这样索取，也并不过分。

还有一种人，因为觉得自己弱，干脆就勇敢地接受自己的平庸。我弱，我也就那样了，我过这样的日子也可以了，没必要强求。反正比上不足比下还有余。命里有时终须有，命里无时莫强求……

第一种人经常自哀自怨，第二种人会因为得不到经常抱怨愤怒，第三种人则心安理得。看起来好像第三种更知命，更乐观，其实也是一样的可怕。因为这几种弱者思维背后，折射的都是一种惰性，一种不思进取的精神状态。

鲁迅笔下的祥林嫂在重复的唠叨和抱怨中，耗尽了别人的同情心，成了别人眼中的笑话。在那个时代，她无法掌控自己的命运，没有办法为自己的人生做出选择。她最终成了生活的弱者，这大体还是时代的悲剧。但在今天，我们的弱者思维会是我们人生悲剧的重要原因。

人的能力有大小之分。社会也永远有不公平的因素存在。这个世界因此会永远有弱者。对弱者多点关照，是一种本分。但是，我们自己不要有弱者思维，那真的对我们的人生没什么帮助。

弱肉强食，适者生存。这是大自然的法则。要让人生更精彩，主旋律是去拼搏去奋斗，让自己更强。通过示弱去得到，你得到的不会多，甚至得不到。

应该说现在是一个波澜壮阔的时代，几十年当中的变化比以往几百年的变化都要大得多。2007 年还有人嘲笑苹果手机没有键盘；前两年还有人判断付费阅读走不远；2017 年柯洁还扬言分分钟打败谷歌的狗。换五年前没有谁能想到 PAPI 酱动动嘴皮就能红；占豪过生日发布一篇文章就有 N 万的赞赏收入；没人能想到"双十一"淘宝能卖到一千多亿；更没想到的是这些天文数字的商品能这么快就被快递小哥送到手上。在这样一个大拐弯的时代，更多人有了更多的机会去赢得人生。前提是：你要上进，你要努力。

空姐的微笑

摘　要：我在拥挤的人群里穿行，瞥见阳台上你的笑容，我开始歌唱，忘了人来人往。

关键词：杜乡微笑　ABC 理论　归因风格

你快乐不快乐，眼角的鱼尾纹会帮你回答。

真笑的时候是这样的，嘴角附近的颧大肌和眼睛周围的眼轮匝肌两组肌肉会不受意志控制地运动起来，这时候嘴角上扬，同时眼角显现鱼尾纹。这就是法国神经学家杜乡给"真笑"做出的详细定义，因此后人就把这种出现鱼尾纹的真笑称之为"杜乡微笑"。

如果微笑时没有出现鱼尾纹，那就是假笑了。因为假笑不是发自内心，仅仅动用了使嘴角上扬的那一组肌肉，通常用来表示礼貌的微笑，叫做皮笑，也被称为"空姐的微笑"。空姐大家不会经常见到，但看电视上看到的很多明星的笑都属于"空姐的微笑"，这种礼貌性质的微笑不代表真正的内心。

有意思的是，"杜乡微笑"竟然能预测人是否幸福。有学者对美国一个女子学院的学生进行跟踪研究，在毕业照上表现出微笑的一百多名女生中，有一半是"杜乡微笑"，另一半不是。研究者一直跟踪这一百多名女性 30 年，他们发现拥有"杜乡微笑"的女性一般来说更可能拥有美满的婚姻、幸福的生活。Rule 对美国最好的 100 家律师事务所的盈利状况进行了调查，结果发现那些事务所的管理者如果在大学本科期间拍的照片具有"杜乡微笑"，那么其公司的盈利状况就要显著好于那些具有"空姐的微笑"的管理者。

"杜乡微笑"是表征，它的背后是乐观。乐观才真正是人幸福的原因。随着健康科学的发展，越来越多的科学家发现长寿的另一个秘密：大多数长寿者都比较乐观。另外有人搜集一些著名心理学家的自传资料，并用电脑对这些白传资料进行了乐观和悲观方面的评分，结果发现凡是电脑评价为高乐观的心理学家比那些电脑评价为低乐观的心理学家平均多活了 5 年。而《美国国家科学院院刊》的一份报告指出，一个人年少时的乐观水平越高，则长大了就越会赚钱。

也就是说并不一定是幸福了才快乐。而是快乐有可能会让你更加幸福以及富有和长寿。

既然如此，那我们每个人都应该让自己更加快乐开心一些。可是生活中天生的乐观主义者毕竟仅仅是一小部分。更多时候总有这样那样的事左右着我们的情绪。

怎样才能更快乐一些呢？美国心理学家埃利斯在 20 世纪 60 年代提出了"ABC 理论"。这个理论强调引发我们消极或积极情绪及行为的并不是事件本身，而是由对这件事的认知评价所引起的。这个理论提示我们每天生活在各种各样无法预知的事件当中，固然无法改变事情的发生，但可以努力改变对于这个事件的认知，从而达到改变情绪的目的。

心理学中有个"归因理论"。根据这个理论，由于我们需要不断地对每天发生的各种事件的原因做出解释。久而久之，大脑形成了一种相对稳定的解释风格。很多时候，我们甚至没有觉察到解释的过程，便已经对事件做出了反应。这种解释有的积极，有的消极。积极的归因让人乐观或者不至于那么绝望。

公司亏损了，把它归因于市场萧条、机会没把握好，或者自己不够努力，那么我们也许就没那么内疚那么无助。但如果把它归因于自己的无能则会让我们十分沮丧。

考试考砸了，把它归于难度太大，自己没复习好，起码不会消沉。但如果归因于水平有限或者是老师的刁难，那只会让我们绝望。

发的短信好久都没收到回复，你认为是别人对你有成见了，你会不安。你认为是别人忙了还抽不出时间，你会淡定。

表白失败，你认为自己太差配不他（她），你会想死。你认为是自己不适合对方，你会释然。

丢了东西，你认为破财消灾，那无所谓了。如果你认为是自己命不好，那真是无语。

被别人质疑，你觉得人格受到羞辱，你会愤怒。如果认为是别人还不了解内情，就会那么紧张。

归因是有习惯的，可以看作是一个人比较稳定的特性。但归因风格是可以改变的。所以一些大学里就通过"归因训练"，如可采用案例讲解、情景剧、团体训练、强化矫正等方式或途径，引导大家学会全面归因、正确归因，形成积极的归因风格。

对于个人来说，当情绪不好的时候，不妨问问自己，为什么这么不开心，是不是自己把有些事情想得太严重了，或是会错了意。换个想法，也许能换个心情。尽管我们积极的归因未必客观，甚至有时是自我麻醉。但那又怎样呢，相比幸福和长寿，这点自我"哄骗"并不算什么。人生不长，我们只需要更加快乐一些。

最后，愿你常有"杜乡的微笑"。

狂吃不胖终究是虚幻的梦

摘　要: 因为不劳有获、不学有术、狂吃不胖终究是虚幻的梦。

关键词: 延时满足

有一句话这样说:你连自己的体重都控制不了,何以控制自己的人生?惭愧,确实懂这个道理,但依旧管不好自己的体重。所以每回照相要么故意收腹,要么故意双手交叉以遮掩圆滚滚的肚皮。圣哥看不惯了直接怼:又用这个收腹挡肚子秀肌肉的套路,有胆你脱光了拍。

最近特别火的一部电影《摔跤吧!爸爸》,据说很励志,朋友圈里好多人推荐。虽然没有得空去看,但故事大概还是了解一些。印象最深的是男主角阿米尔·汗为塑造人物形象,先是增肥 56 斤,再用 5 个月减掉 50 斤。简直气球人了,似乎随时可以调大调小。我很想知道在减掉 50 斤赘肉的日子里米叔到底对自己干了些什么?

据说能让自己变美好的事情都不会太轻松,比如说这个减肥。要管住自己的嘴真的好难。这么香甜可口的食物摆你面前,宁死也不愿吐出拒绝二字。于是只好说:吃饱了才有力气减肥嘛。后来了解到有一种"旧石器时代"减肥法,大概意思是少吃或不吃米饭多吃肉。大喜过望,这个办法很容易做到嘛。但坚持好几年,也没见减得半两。

运动肯定是可以减肥的。但每天的时间不够。排来排去,有一段时间决定提前半个钟头早起去慢跑。坚持了一段时间,后来遇到刮风下雨就停一停,再后来,没有再后来了,不知哪一天起就没跑了。睡觉睡到自然醒的感觉真的好棒呀。

所以你们看到了,这么多年了老陆依旧是"心宽体胖,情深不瘦"。也有些人说,不,不是依旧,是变了,变得比以前更肥了。好吧,我没听见。

　　我有个朋友，和我一样的年纪，最喜欢喝酒，而且是喜欢一帮人热热闹闹喝的那种。隔三岔五呼朋引伴地去喝个半醉。工作上的事则是不上心，用他的话说无非就是谋生的手段，将就就可以。还不时开导我，功名都是身外物，多做开心的事，在单位上班做多做少差别不大，不要被那些无趣的事羁绊了。听起来似乎颇有道理。

　　在学校里，除了上课，我还担任一些学生组织的指导老师。前些天听负责人说某某要退出。我说这不是做得好好的吗，为什么要半途退出？负责人说好像是谈恋爱了，整天腻在一起，哪还有时间做工，因此就……当然面上的退出理由是学习紧张，时间不够用。我一想每天忙着采访写稿编辑上传这么枯燥，当然比不上谈恋爱你侬我侬这么快乐。嗯，这也是可以理解的。

　　昨天看到一则资讯：一男子高速路上突犯"游戏瘾"，于是果断停车在应急车道上打手游，结果被警察给逮着了，罚之。这真是世界之大开遍奇葩呀！最近有一款叫王者荣耀的游戏特别火，从小学生到大学生玩者甚众。小学三年级的五哥是其中一员，天天想着法子讨父母的手机来玩游戏，作业却越来越不上心。这款游戏有人喊作"亡者农药"，是很贴切的，确实有毒。

　　下面这个故事是流传很久的了。一个富翁看到一个年轻的渔夫躺在沙滩晒太阳。富翁问：你怎么不去打鱼？渔夫反问：打那么多鱼干什么？富翁答：这样可以多换一些钱啊！渔夫问：要那么多钱干什么？富翁答：你可以买条大一点的船，再雇人帮你打鱼。渔夫问：那又怎么样呢？富翁答：那样你就可以躺在沙滩晒太阳了。渔夫说：可我现在正在晒太阳啊。

　　能现在晒太阳，何必要等到以后呢。人生苦短，就应及时行乐。持这种观点的还是大有人在。更有人意味深长地叹息：人世无常，意外和明天谁能知道哪个会先来临？所以今天快乐才是最重要的。应该承认，这些说的都有一定道理。我们时常会怀疑人生，愤懑命运的捉弄以及喟叹人生的无法掌控。但如果从更大的概率来看，人类的平均寿命就摆在那里，绝大多数的人要在世上走过70多年以上的人生。而且人类对于自身命运的操控也是一代比一代更强。另外，我们还通过对生活的观察了解到，快乐在人生的分布中并不是平均的，你今天快乐了，明天未必依旧还快乐。

　　20世纪60年代，美国斯坦福大学心理学教授沃尔特·米歇尔设计了一个著名的关于"延迟满足"的实验。研究人员找来数十名儿童，让他们每个人单独待在一个只有一张桌子和一把椅子的小房间里，桌子上的托盘里有这些儿童爱吃的东西——棉花糖。研究人员告诉他们可以马上吃掉棉花糖，或者等研究人员回来时再吃，这样还可以再得到一颗棉花糖作为奖励。当然他们还可以按响桌子上的铃，研究人员听到铃声会马上返回。

对孩子们来说，实验的过程十分难熬。有的孩子为了不去看那诱惑人的棉花糖而捂住眼睛或是背转身体，还有一些孩子开始做一些小动作——踢桌子，拉自己的辫子，有的甚至用手去打棉花糖。结果，大多数的孩子坚持不到三分钟就放弃了。一些孩子甚至没有按铃就直接把糖吃掉了，另一些则盯着桌上的棉花糖，半分钟后按了铃。大约三分之一的孩子成功延迟了自己对棉花糖的欲望，他们等到研究人员回来兑现了奖励，差不多有15分钟的时间。

研究没有结束。在之后十几年里研究人员继续跟踪当年那些孩子的表现。发现那些能够为获得更多的软糖而等待得更久的孩子要比那些缺乏耐心的孩子更容易获得成功，他们的学习成绩要相对好一些。在后来的几十年的跟踪观察中，发现有耐心的孩子在事业上的表现也较为出色。也就是说延迟满足能力越强，越容易取得成功。

延迟满足，就是我们平常所说的"忍耐"。它是自我控制的表现之一，反映的是一个人在面临种种诱惑时，能否为更有价值的长远结果而控制自己的即时冲动，放弃即时满足的抉择取向，以及在等待期中展示的自我控制能力。

回到米歇尔教授的经典实验。他的研究说明能抗拒当前诱惑，追求长远结果的人，后面的人生会更成功更快乐。而追求即时满足的人后面的人生相对平淡。甚至在后续的跟踪研究中，米歇尔教授发现那些追求即时满足的人中有些人落魄不堪，甚至还有人吸毒。

钱锺书先生说：同样是吃葡萄，乐观的人从最坏的一颗开始吃，一直吃到最好的一个。悲观的人从最好的一颗开始吃，越吃越坏，吃到绝望为止。从最坏的一颗开始吃，会越吃越有希望，但生活中从最好那颗吃起的大有人在，他们对人生也许并不悲观，但他们就是不能忍受延迟满足，而必须即刻体验满足和快乐，至于更长远的那些东西，他们无暇顾及。因为控制不了食欲，现在老陆"胖若两人"。我那位朋友因为长期沉湎酒乡，如今事业平庸。而那位为了谈恋爱逃避工作的同学，也许有一天会后悔今天的放纵。热衷玩"亡者农药"的五哥我担心他期末的考试会很糟糕。

因为不劳有获、不学有术、狂吃不胖终究是虚幻的梦。

再看看富翁和年轻渔夫故事的续集吧。渔夫说：可我现在正在晒太阳啊。

富翁笑了笑说道：待会儿在沙滩晒完日光浴之后，我就会回到别墅，和我漂亮的妻子、可爱的孩子一起共进美妙的晚餐。而我的父母也住在同样舒适温暖的居所里，受到良好的照顾。我和所爱的人都不用担心看不起病，吃不好穿不好，更不用担心遭受白眼和蔑视，他们生活得快乐且有尊严。而你待会儿躺完沙滩之后，只能回到你那破渔船里，眼睁睁地看着你那冻得瑟瑟发抖的老婆、孩子和父母满面愁容地吃着一餐冷饭。他们生不起病，吃不好饭，甚至穿不暖衣服，更无从谈起追求与尊严。而且明天，我们一家还会飞到大海的另一边，可以继续晒太阳或者做别的我们喜欢做的事，而你永远只能在这个地方，再远一点的地方你都去不了……

　　年轻的渔夫拒绝不了晒太阳的诱惑，放弃了出海打鱼。他的结局是可以预见的了。在大学读书的同学们，不能抗拒诱惑，过早地贪图享乐，以后的人生也一样让人担忧。

成为高手的秘籍

摘　要： 不管你做什么事情，只要坚持一万小时，基本上都可以成为该领域的专家。

关键词： 一万小时定律　十年法则

前几天朋友圈里有人放了一段视频，内容是一个中国小姑娘在美国的舞台表演钢琴。小姑娘刚五岁，学钢琴也才两年，但弹得甚是动听，加之长相甜美，笑容灿烂，台下观众为之倾倒。

天赋这东西应该是存在的，有些人天然对一些事物更为敏感，他们的表现一再证明"别人家的孩子"的存在。

所以有时候我们会把自己的平庸归结于禀赋，然后心安理得。但如果我们清醒一些，我们会发现，这个世界人与人的差别，远远还用不到通过天赋去PK。很多时候自己的无能只是因为努力还不够。

作家格拉德威尔在调查的基础上总结出了"一万小时定律"，他的研究显示，在任何领域取得成功的关键跟天分无关，只是练习的问题，即不管你做什么事情，只要坚持一万个小时，基本上都可以成为该领域的专家。行为主义心理学的创始人约翰·华生笃定从婴儿中随机挑选一个，他都能将其训练成任何领域的专业人士，从医生、律师到企业家，甚至是乞丐和小偷。每个领域的专家的成长模式基本上是沿着：新手—熟手—专家—大师往上过渡，贯穿整个过渡过程的诀窍只有一个，就是刻意练习一万个小时。

为什么要刻意练习一万个小时？英国神经学家 DanielLevitin 认为，人类脑部确实需要这么长的时间去理解和吸收一种知识或者技能，然后才能达到大师级水平。

一万小时定律的核心理论是：一万小时是最低的底线，而且没有例外之人。

没有人仅用 3000 小时就能达到世界级水准，7500 小时也不行，一定要 10000 小时。如果每天练习 3 小时，那就需要坚持 10 年，无论你是谁。大量的调查研究中发现，无论是在对作曲家、篮球运动员、小说家、钢琴家还是象棋选手的研究中，"一万个小时"的规律反复出现。

其实一万个小时还有另外一种表述方式，那就是"十年法则"。早在 20 世纪 90 年代，诺贝尔经济学奖获得者、瑞典科学家赫伯特·西蒙就和埃里克森一起建立了"十年法则"。他们指出：要在任何领域成为大师，一般需要约 10 年的艰苦努力。这其实和中国的古话"十年磨一剑"，是同样的道理。

水滴石穿，终成正果。一个人只要不是太笨，太不开窍，有这一万个小时的苦练打底，你即使成不了大师、巨匠，至少也会成为本行业的一个具有丰富经验的专家。

成为专家好像并不难，一万小时的练习就可以。但是为什么大多数却做不到？

因为用上千上万小时来做一件事并不是一件理智的事。平常人常常会产生困扰。所以说，能坚持花上一万个小时来"打通任督二脉"的人，大都不是寻常之辈。

我们听过很多道理，却依然过不好一生，这是人生的真实。明白坚持的重要，但往往都是半途而废，这是常识。那为什么我们坚持不下来呢，下面说说原因。

想要的太多，结果把自己累坏了。人是贪心的动物，样样都想得到。但人的精力是有限的。一个人同时能做并坚持下来的事情并不能太多，太多就会瘫痪。所以要好好整理一下自己的欲望，把精力放在一两个事情的坚持上，确保精力充沛。其实，坚持做一两件事情就足够了，并不是事事都值得坚持，比如搬砖。

用力过猛，把自己累坏了。很多同学定目标时都犯这个毛病，要学英语，就规定自己每天要背 300 个单词，要读书，就给自己定下每两天读一本。其实这个做法是错误的。心理学家米哈里·希斯赞特米哈伊提出的"心流"理论认为：只有当一件事的挑战程度和你对其的应对能力相当的时候，才能进入心流状态，在这一状态中，你的每一个动作，想法都如行云流水一般发展，所有的能力被发挥到极致，并获得高度的兴奋和充实感。反之，如果定的目标与当前能力、精力不匹配，那伴随的就会是焦虑和沮丧。

意志力不够，变成先烈了。我们讲习惯成自然，坚持做一件事，刚开始的一段时间是被动的，这是外化的过程。坚持一段时间后就会转入同化，也就是习惯成自然。再下去是内化，变成生活的一部分，哪天不做心里都会空落落的不舒服。所以回过头来，很多同学因为意志力太弱，在外化阶段就受不了放弃了。

行动体验不佳，甚至痛苦，受不了。人的本能是趋利避害，一旦觉得所坚持事情是痛苦的，我们就会本能地回避使自己感觉到痛苦的活动。很多同学知道坚持的重要性，但对于所坚持的事物的重要性或者说价值认识不足，要么是人云亦云，要么是被要求，因而在坚持过程中体验到的只是痛苦，自然坚持不了多久。所以我们要学会去发掘自己要坚持的这件事背后的隐藏价值。比如阅读的作用不仅是让你在未来变成更好的人，也让你在跟男神女神的聊天中可以多一点谈资。健身跑步不仅是身体健康，还可以收获回头率和羡慕。学习外语不仅是让你看到更宽广的世界，还让你有资格去争取加薪升职的机会。我们需要一点遥远的信仰来支撑"超我"，也需要一点现实的利益来激励"本我"。

如果真的在坚持当中找不到乐趣或者价值，那还是放弃好了。人生当中有许多的事值得坚持，总有一款是适合你的。

年轻时的饭量和力气

摘　要： 平庸的人耗费时间，聪明的人科学分配时间。

关键词： 时间四象限　重要不紧急

美国史卡鲁钢铁公司的总裁查鲁斯是一个追求完美的人，每天奔波于公司的事务，但很多事情最后都不能有效地做下去。效率研究专家艾伊贝·李就给他开了一个药方，也就是一个建议。

（1）不要想把所有事情都做完。

（2）手边的事情并不一定是最重要的事情。

（3）每天晚上写出你明天必须做的事情，按照事情的重要性排列。

（4）第二天先做最重要的事情，不必去顾及其他事情。第一件事做完后，再做第二件，依此类推。

（5）到了晚上，如果你列出的事情没有完全做完也没关系，因为你已经把最重要的事情做完了，剩下的事情明天再做。

查鲁斯按照建议试了一段时间，效果不错。于是给了艾伊贝·李一张价值2.5万美元的支票，感谢他的这个神奇的建议。

人一生的时间都花在了哪里？有人统计了一个活到73岁的美国人的时间开支，粗略是这样：睡觉21年，工作14年，个人卫生7年，吃饭6年，旅行6年，排队6年，学习4年，开会3年，打电话2年，找东西1年，其他3年。看了这组数据，你有何感受？你自己的时间，你盘点过花在哪里了吗？怎样才能在有限的时间里做更多有意思的事情，你想过了吗？

老陆给大家介绍一个管理时间的"四象限"法，它是美国一个叫科维的人提出的一个时间管理理论，科维把工作按照重要和紧急两个维度进行划分为四个"象限"：一紧急且重要；二重要但不紧急；三紧急但不重要；四不紧急也不重要。具体大家看下图：

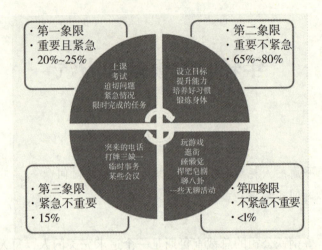

- 第一象限
- 重要且紧急
- 20%~25%

上课
考试
迫切问题
紧急情况
限时完成的任务

- 第二象限
- 重要不紧急
- 65%~80%

设立目标
提升能力
培养好习惯
锻炼身体

突来的电话
打牌三缺一
临时事务
某些会议

玩游戏
逛街
睡懒觉
捏肥皂剧
聊八卦
一些无聊活动

- 第三象限
- 紧急不重要
- 15%

- 第四象限
- 不紧急不重要
- <1%

　　我们来分析一下这个图。紧急且重要的事情必须马上做，字面上很容易理解，但实际生活中，我们由于经常搞不清楚哪个重要，哪个不重要，所以很多时候就跑到了第三象限，做的是紧急但不重要的事。所以说第三象限是最有迷惑性的。而第二象限虽然重要，但由于不紧急，我们最容易忽略。这是非常可怕的事。

　　第一象限的事情重要而且紧急，但由于时间原因人们往往不能做得特别好。第二象限的事情很重要，而且会有充足的时间去准备，有充足的时间去做好。可见，投资第二象限，它的回报才是最大的。要学会把时间花在第二象限，做重要而不紧迫的事。那样才会减少重要的事进入第一象限，避免变得紧急，像"救火队"一样的工作状态。

　　很多人往往把50%～60%的时间放在了处理紧急但不重要的工作上，而重要但不紧急的工作却用的时间很少。比如每天忙于应酬、开会、处理临时的事务、应邀打牌玩游戏，陪同学逛街等等，每一样好像都很紧急，但实际对人生的成长却无足轻重。

　　而高效能人士的时间安排是，把65%～80%的时间安排在重要但不紧急的工作，由于他们把大部分工作都提前统筹和规划好了，其余象限能花的时间自然而然就减少了。那么什么是重要而不紧急的事呢？对于年轻来说，应该是着眼于自身的成长，比如考驾照、读书、写作、学习专业技能、学习外语以及一两样特长。这些重要的事情跟你10年之后的人生依然息息相关。

把第三象限误当作第一象限，每天瞎忙一通，这是属于认知的问题，还可以原谅。但观察我们身边一些人，却是无视时间的价值，每天把大量的时间浪费在第四象限，做的都是又不紧急又不重要的事情，如玩游戏、逛街、睡懒觉、看肥皂剧、聊八卦等，确是让人痛心。

有一家杂志曾对全国60岁以上的老人进行了一次这样的问卷调查：你最后悔什么？列出了10项人们生活中容易后悔的事情，供被调查者进行选择。相关人员对收回的有效问卷进行统计之后，得出了这样的统计结果。

第一名：92％的人后悔年轻时努力不够导致一事无成；

第二名：73％的人后悔在年轻的时候选错了职业；

第三名：62％的人后悔对子女教育不当；

第四名：57％的人后悔没有好好珍惜自己的伴侣；

第五名：45％的人后悔没有善待自己的身体。

胡适说：一点一滴努力，满仓满谷收成。

路遥说：不要等老了之后，回忆起自己的青春岁月，唯一可以夸耀的只是年轻时的饭量和力气。

老陆相信如果可以用钱买时间，那排队的队伍一定很长很长。所以，从今天起好好管理我们自己的时间吧，它是那样的珍贵。

最后总结：多做重要但不紧急的事。

人都喜欢漂亮的东西

摘　要：你长得这么好看，说什么都对。

关键词：精神酬赏　颜值定律

知乎上有人问：为什么有人好色，有的人真的不好色？

答：因为有的人比较会装。

天底下是人都会好色，不分男女。只不过有时候我们把女的好色也叫作"花痴"。女人好色起来有时候是不可理喻的。据了解，四大美男中明显被女人骚扰过的就有三位，宋玉、潘安和卫玠。

宋玉家隔壁有位美女，长得实在漂亮，增之一分则太长，减之一分则太短，施粉则太白，施朱则太赤，眉毛像鸟的羽毛那样挺拔，肌肤像白雪，腰很细，牙很白。可惜没留下名字，人称东邻之女。但就是这样一个绝代佳人，竟趴在墙头偷窥宋玉，一直偷窥了三年。这属于典型的性骚扰。因为对方也好看，宋玉差点被撩上。

潘安则是每次出门都被一大批死忠粉团团围住，用原话那就是：妇人遇者，莫不联手共萦之。更夸张的是不单少女们迷，老女人们也是迷得不要不要的。"安仁至美，每行，老妪以果掷之满车"，在那个时代，女人对男人的爱慕一般是通过赠送水果来表达，所以潘安每次驾车出门，老女人们就死命地掷果投瓜，也就是往潘安的车上死命扔水果，因此每每潘安在洛阳的街头走一走，兜一圈，车上就被塞满了水果，"掷果盈车"这个成语就是这么来的。与之同时代的有一个才华横溢的人叫左思，写了一篇很有名的文章《三都赋》，写的真是好，大家都纷纷传抄以致"洛阳纸贵"。左思长得绝丑，但他以为女人们喜欢潘安是因为潘安的才华，左思估摸着自己的才华也不差呀，于是也学潘安驾车游逛，结果老女人们都向他乱吐唾沫，弄得他垂头丧气地回来。古书上这样记载：左太冲绝丑，亦复效岳游遨。于是群妪齐共乱唾之，委顿而返。同时代还有个人叫张载，书上记载："张载甚丑，每行，小儿以瓦石掷之，委顿而返。"更惨，直接被扔石头了。

被女人骚扰得最惨的是卫玠，卫玠被称为"玉人"，典型的花样美男。有一次出现在南京街头，被闻声出动的女人们围观，围得像一堵墙，水泄不通。卫玠本来身体就虚弱，被这么一折腾，不久就挂了。因此当时的人说卫玠是被看死的，这就是成语"看杀卫玠"的典故出处。后来有诗云："京城媛女无端痴，看杀玉人浑不知。"一个男人因为长得漂亮，被一帮女人围观致死，确是骇人听闻。果然，色迷迷的眼光是可以杀人的。

人喜欢漂亮的东西或者人，这是一种本能。心理学家认为，在人的情感中有美感的存在，人人都有追求美的愿望。文化背景的不同，美的标准尽管也有所不同，但当人们感到美的时候，都会赏心悦目，心情愉快，并且愿意与之亲近，这是一种精神酬赏。

有一个有意思的实验叫"电脑约会"，研究外貌对吸引力的影响。这个实验通过计算机随机匹配男女大学生，让他们进行初次会面。在约会之前先让这群学生做一套人格测验，看哪些特征决定他们的互相喜爱。人格测验的表明才智、能力、独立性、态度等会影响人与人之间的相互喜爱。接下来，让这帮大学生初次见面，又接下来，让他们决定是否再次约会。实验结果却显示：决定一对人是否喜欢并愿意再次约会的关键因素是外貌的吸引力。而跟前面人格测验的才智、能力等这些个因素的关系却并不大。看来，还是实践出真知。

还有一个实验是让人评价文章的好坏。研究者在文章后面都附上文章作者的照片，这些照片有些漂亮，有些难看。结果发现，照片好看的那些文章得到评价明显要高好多。

著名经济学家美国德克萨斯大学的哈默迈什教授研究颜值和劳动力市场的关系。他发现长相出众的人比一般人拿到的薪水要高5%或者更多，而长相难看的人获得的薪水比一般人要低9%。老陆终于知道自己为什么工资这么低了。

心理咨询师熊太行讲到一个概念：颜值定律。他认为关于颜值有五大基本定律。第一定律：高颜值能让你获得外卡；第二定律：对门槛不高的岗位，颜值高的人可以绝杀；第三定律：高颜值的人给人的感觉更好；第四定律：高颜值人士一般更好斗；第五定律：三十岁后的颜值代表着人的用心程度。

通过以上分析，下面我们可以对生活当中几句跟颜值有关的流行语做一个基本判断。

人不可貌相。错误。不光人以貌取人，连动物也都这样。人不可貌相，也许只是说明凡事无绝对这个真理而已。

这是看脸的时代。错误，哪个时代都看脸，并非这个时代独有。如果一定要对比，可能古代看脸更严重些，因为那时人的认知还比较简单，能看到就是外表之类。

你长得这么好看，说什么都对。正确。仪表魅力会产生严重的晕轮效应，漂亮的人通常被认为具有一系列好的品质特征。

男人有才华就行，帅不帅无所谓。错误。有研究指出在推断能力的时候，刻板印象在性别和外表上起的作用特别明显。对于女性而言，长得美或是不美，大家对她们能力的推断都是一样的，没有显著差异，因为大家很少把女人的长相和能力联系起来。但当一个男性外表有吸引力时，人们就会觉得他工作能力也特别强。所以帅的男人在职场中往往自带光效。

人长得不好看就要多读书。正确。外表差本来就很吃亏。所以一定要丰富内心世界，提升自身魅力。这样才能在各种竞争中扳回一点分数。

第三篇　阳光下的微尘

第三编 阳光 下的隐忧

伟大都是熬出来的

摘 要：努力不一定成功，但不努力就绝对不会成功。
关键词：功不唐捐

今天翻自己的 QQ 空间，关注到两个地方，一是总访问量，二是个性签名。总访问量显示 60.5 万。这个号用了 12 年，平均下来一年有 5 万人次的访问。个人不知道腾讯是如何统计的，按自己的估计每年的访问量应该不止这个数。不过也只是看到了说说而已，多少也都没关系。我更注意到的是自己的个性签名：伟大都是熬出来的。

这是当年看地产大伽冯仑的书时特别有感觉的一句。然后就写进了 QQ 空间的签名档。这一签名一晃 12 年。

12 年过去，面对这句话，自己觉得仍然还是没有能精确地把握它的内涵。

12 年前，记下这句话，那时正是人生的生猛年代。就像王小波说的，那时有好多的奢望，想吃，想爱，还想在一瞬间就成天上半明半暗的云。那时的自己喜欢大口吃肉大声说笑，一不高兴就怼天怼地。身上的荷尔蒙滴滴答答到处乱流，就算是迎面跑来一头斗红眼的公牛，也要冲上去对它粗声呵斥。

其时，人的心里，隐隐觉得只要足够努力，只要足够坚持，就一定可以让自己变得伟大。我当时在写进签名档的那一刹那，眼前就浮出 10 年之后，自己踌躇满志，晃头晃脑指指点点江河的模样。

但 12 年过去。我变得伟大了吗？显然并没有。

后来我才知道，生活就是个缓慢受锤的过程，人一天天老下去，奢望也一天天消失，最后变得像挨了锤的牛一样。王小波继续说。我明明也在听着，但听得明白却是在许多年后。

现在的我分明变成一头被锤过的牛，温顺、谦卑、低调。

那些青春岁月我所渴望的伟大或是成功一样都没有实现。想想该是惆怅的。

然后，我再回过头来仔细思考当年我所信奉的那句：伟大都是熬出来的。

它说得对吗？如果依然相信它，那问题出在了哪里？

首先要从自身上找原因。明知道伟大要"熬"才能出来，但这十多年，我好像并不算熬，我熬了什么？12 年后我现在根本讲不出来。因为我仅是停留在口号上，并没有把它变成一个具体目标，然后付诸行动。

一个标签"伟大都是熬出来的"只是挂在 QQ 空间上十几年，就算是挂一百年也没什么用，看起来并不比挂一串腊肉更值钱。知道很多道理却仍然过不好这一生，说的就是我这样的人。

其次要在认知上找原因。伟大是什么？伟大是有更多的权力和更多金钱，然后可以随心所欲？这是之前我的认知。现在我虽然也不会去否定它，但经过很多时光之后，我现在对伟大的认知更倾向于：伟大就是可以把自己喜欢做的事做到极致。

人的一生是一个过程，为名为利累不是最好的选择。因为有权力有金钱之后，你无非也是要用权用钱去更好地过自己想要的生活。所以，名利只是人生追求的一个手段，不是目的。人的最终目的应是追求自己可以做、自己喜欢做的事，并做到最好。所以人要把时间努力地用在自己喜欢的事上。但我们常常只顾着去追名逐利，不仅把自己弄得灰头灰脸，还把自己喜欢的事给落掉了。其实，有些时候，哪怕没有一分名一分利，我们也可以做自己喜欢的事，并感觉到快乐。

只可惜这 12 年我很多时候做的都不是自己真正喜欢做的事。

最后要从概率上找原因。伟大都是熬出来的。这句话并没有错，错的是我漏掉了这句话的第二层意思。A. 熬，也就是坚持努力，可以让人得变得伟大。这是最基本的意思。B. 熬，让人变得伟大，但也可能不会变得伟大，但伟大却一定是熬出来的。这是第二层意思。用更通俗的话就是说，努力不一定成功，但不努力就绝对不会成功。

人生当中并不是最后要实现伟大才去努力才去坚持，只要是有可能就应当去努力。即使最终没有达到理想境地，但功不唐捐，这过程的快乐和充实也是实实在在。

岁月是一把锤子。我是被锤过的牛。褪掉冲动和蛮力，对名利的奢望变得越来越少。

这并不是坏事，它让我变得更加心平气和，更纯粹宁静。

现在我是真正天天用小火去熬汤，而不像 12 年前只是把努力挂在墙上。而且现在熬的汤跟 12 年的锅底也已是完全不一样。

种一棵树最好的时间是 12 年前，其次是现在。

我仍然愿意相信：伟大都是熬出来的。

青春恰自来

摘　要：如果一个人认为自己有价值，那他很难遭受悲惨的境遇。

关键词：自我价值感

"白日不到处，青春恰自来。苔花如米小，也学牡丹开。"这是袁枚的诗，诗名叫《苔》。据说诗人有一天偶然发现园中生长在阴暗潮湿处的苔藓开花，尽管只有小米粒大小，但它们却在这阳光照不到的地方恰然自得地开放，极为自我。诗人袁枚很是感慨，写就这首仅仅20个字的小诗。但说来惭愧，因为读书少，之前我真没读过这首好诗。最近在网络上到处传，我这才注意到。

这首300年前的诗之所以近期流行，源头是梁俊老师带着他的乡村学生在《经典咏流传》的舞台上咏唱，感动了亿万人。据统计这首由梁俊老师改编的歌是狗年春节播放次数最多的一首歌。他说：为什么想带他们唱这首歌，就是因为我也是一样的，从山里出来，也不是最帅的那一个，也不是成绩最好的那一个，就像潮湿的角落那些苔花，人们看不见，但是它们真的是一朵一朵开放，很美。在我心中，大山的孩子们也一样，找到生命的价值，等待绽放的时刻。

袁枚幸运，它的一首小诗因为梁俊，三百年后流光溢彩。山里的小孩子们也很幸运，同样因为梁老师，他们如苔花一样快乐而光彩地绽放。据说梁老师在两年的支教生涯中为孩子们带来了100多首诗词，其中有五十首谱成曲，在大山里回响。我个人很喜欢这首诗，更喜欢梁老师。这是一位有才华、有情怀的老师加诗人。他的那句：找到生命的价值，等待绽放的时刻。说得甚好。

每个人都应该找到自己生命的价值所在。只有让自己感觉到自己有价值，人的这一生才会更幸福。林肯说：如果一个人认为自己有价值，那他很难遭受悲惨的境遇。

自我价值感说通俗些指的是人的一种自我感觉。是否对自己的外表、性格、能力感到满意？是否对自己的物质感到满意？是否对自己的友谊感到满意。如此等等。这种自我评价，由于带有丰富的情感因素，也受外界的影响，并不能做到客观。有些对自己的评价高，就会表现出高的自我价值感。有些人则反之。他们会觉得自己一无是处。

高自我价值感的人，对生活往往更满意，也会更开心。而低自我价值感的人则更容易表现出无助感，甚至有表现出焦虑和抑郁症状。因此从人生的幸福而言，我们应当努力成为高自我价值感的人。

很多人在寻找自我价值的时候走了弯路。心理学家罗杰斯认为，"价值的条件化"是一切现代病的根源。人们把学历、金钱、地位、容貌等外在的东西，视为价值的全部。认为拥有这些就是价值人生，没有这些或者失去这些，人生则变得没有意义。于是很多人无法快乐，因为这些外在的东西大多不在我们的控制之中。就像是否有美丽的外表基本是天注定。

其实更稳妥的办法是抛开外部环境的价值观导向，回到内心。去寻找自己内在的价值。比如在人性的品质方面：真诚、勇气、智慧、善良、积极、感恩、体贴等你更看重哪些，你现在拥有哪些？比如在社交方面：友谊、信任、尊重、关爱你是否看重？你现在是否拥有？比如在个性方面：我喜欢什么？你喜欢的别人也喜欢吗？然后你是否在意你喜欢的东西和别人不一样？你是否可以一直做你喜欢做的事？你擅长什么？在你擅长的领域你做到了哪个境地？如此内省，你会发现，自己同样拥有一些珍贵的东西，而且这些内在的东西更加持久稳定。

自我价值感是自我评价的一系列态度。诸多的因素都能影响自我价值感。不管何时，在何种境地，只要你愿意你都可以找到自己存在的价值。尽管你拥有的不一定比别人多，但总会有一些希望的种子在你的生命中开花。而且如果你有自己的梦想，哪怕山高水远，你也同样可以勇敢去追，你的价值会体现在你拼搏的路上。

苔花就像小米一样小，它在太阳没有关注到的地方自然欣喜地开放，依然有自己的形状，自己的颜色，依然很美。就像牡丹一样美。

三十六岁都浪过

摘　要：人生最悲伤的，恐怕不是少壮不努力老大徒伤悲。而是少壮努力了，但努力不够。

关键词：增量定律　荷花定律

今天是西方的情人节，明天是中国的除夕也就是大年三十，后天新的一年狗年就要到了。老陆一个人在曼谷，今年是第三年一个人在曼谷过年。

有同学在微信里问：一个人在外过年，难受不？我说：不难受。当然，朋友们在朋友圈晒中国的各种美食会让我有些流口水。泰国的东西实在是吃不惯。除此，都还好。

要么好好赚钱，要么好好读书。这是我个人观点，我也一直这么去做。大学毕业后工作之余从事商业活动，一直干了十几年从来不觉得辛苦。这当中有收获也有失败，但都是认真的生活。前几年，感觉生意没那么好做，努力是够却总是没有好效果，身边从商的朋友大多也是这样的感觉。所以我想这大概是大环境使然。环境不好，很多努力是事倍功半，甚至越努力越悲惨。这样的时候，我就开始想着要改变。自然而然想到应当收收商业这边，埋头好好读读书。

这么想也就这么做了。注销的注销，转让的转让，发包的发包，把生意上的事都尽量交出去，让自己回归，将心态归零，放下包袱，轻装上阵。现在我变成了一名在泰国求学的学生。所以当有人再如以前称呼我为"陆总"时，心里觉得有些怪怪的，甚至忍不住要纠正一下。

现在最主要的时间都用来读书学习。希望自己这几年沉下来好好学点东西。这个时代变化太快了，对人的要求也不断提升。以前学习的那些知识很多都已经淘汰，如果不去更新，社会最终将把不学习的人淘汰掉。你看到一些老阿妈在电脑操作、在移动支付面前束手无策时，你觉得有代差，感觉到她们的落后。

其实很多时候你在一群人当中，你也就是那个老阿妈，只是你没有意识到。人与人的最大差距，再也不是年龄，而是认知的差距。

前几天看樊登的一篇文章，里面有一段大意是说：一定要小心你们的存量技能。你现在已经会什么？你已经会的东西，会使得你老想把这个东西卖出去。你会变成一个故步自封的打工者，老担心自己不安全。能够相信增量的技能，才是最重要的。

隔一天，又看到逻辑思维的脱不花写的"十一条人生必杀技"，最后一条叫作增量定律。大意是：不跟任何人讨论存量问题，存量会绑架你，也是创新和变革的敌人。提醒自己，永远保持增量思维。樊登和脱不花两人说的"存量"和"增量"换成大白话大概可以理解为：人应该好好学习，天天向上，这样才能生活得更好，如果满足现状，人生不是必杀而是人生必被杀。樊登是央视主持人，脱不花是逻辑思维的 CEO，在我眼里都是牛人。牛人的话，得好好琢磨。

选择读书，自然就要耐得住寂寞。所以三年来一个人在国外过年，我真不觉得难受。因为当初这样决定时，就已经知道日子就是要这样过。自己做了选择，只管淡定前行就是。

一个人在外过年其实也有好处。可以避开不必要的应酬，安安静静地读书、写作、背单词、练毛笔字。就算大年三十也不例外。进步是点滴积累的，而每进一寸内心亦会有一寸的欢喜。人生最悲伤的，不是少壮不努力老大徒伤悲。人生最悲伤的，是少壮懂得要努力，也努力了，但努力不够。

我喜欢的一个小故事是这样讲的：如果到第 30 天，荷花就开满了整个池塘，那么请问：在第几天池塘中的荷花开了一半？其实，荷花第一天开放的只是一小部分，第二天，它们会以前一天的两倍速度开放。到第 29 天，荷花还仅仅开满了一半，直到最后一天才会开满另一半。最后一天的速度最快，等于前 29 天的总和。这就是著名的荷花定律。很多人一开始很努力，坚持了好一阵……但渐渐的坚持不下去，没有熬到第 29 天，更没有到 30 天。好悲伤哈。

大年三十守岁是习俗，也有很多守岁的诗，我最喜欢的一首是宋人席振起写的：相邀守岁阿咸家，蜡炬传红映碧纱。三十六岁都浪过，偏从此夜惜年华。

流逝的岁月一去不复返。从今日起惜年华珍分秒。

好看的皮囊千篇一律

摘　要： 有一种爱好可以寄托，就像给人装上羽翼，可在心灵的天空自在遨游，不至于沉湎一域无可自拔。

关键词： 需求理论

马文是学校的外教，美国人。马文是他其中的一个中文名，另一个叫文马修。他来百色大约有两年，我和他有过一些接触，知道他喜欢音乐。学校每年国庆节前都要搞游园活动，其中套鸭子最受欢迎。第一年马文在套鸭现场拉中提琴，按他的说法是让鸭子沉醉在音乐中一动不动以方便大家下套。第二年还是在现场，乐器则换成二胡，按他的说法，去年拉洋琴本地鸭听不懂，改本土的二胡鸭们应该可以欣赏。事实上，情况当然如你所料。但我坚信，第三年如果马文还在现场，他还是会带乐器来。

上课之余，马文有一大部分时间是去百色的乡下赶各种街圩。其中去得最多的是阳圩，目的是收集阳圩壮族的山歌以及学那里的壮话。有一次他问我"炒粉加蛋"壮话如何说。我当场教他，但他却茫然。细问才知道他之前听到的"炒粉加蛋"是阳圩的壮话，而我教他的是武鸣的壮话。我告诉他，壮话以武鸣壮为基本音，学武鸣壮会更正宗。但马文坚持说他只学阳圩壮话。因此我基本可以判断马文之所以跑到百色来教书，出发点应该是为学习阳圩壮话及阳圩山歌。

其实马文年纪并不大，只是因为爱留胡子看起来显老一些。有一次他把胡子刮干净，看起来就很年轻，二十几岁的样子。实际上他也就二十几岁。一个年轻的美国人，因为喜欢中国一个少数民族的语言和音乐，就一个人山高水远地跑过来扎进去然后乐此不疲。我觉得他是一个自我之人。

人生本无意义。但人的伟大之处在于总是努力给它赋予意义。马斯洛的层次需求理论就认为，人有五个层次的需要，从第一层到第五层分别是生理的、安全的、社交的、尊重的、自我实现的五大需要。当低层次的需要诸如吃喝玩乐得到满足，人们会倾向于往更高的层次追求。自我实现是追求的塔尖。自我实现说得接地气一些就是做自己喜欢做的事做自己想做的事。通过做这些事让自己得到满足获得成就感。这些事不论大小，哪怕插花、品茶、听戏、跑步、练字这等小事也都可以是自我实现的载体。

爱好除可以给你成就感，还可以让你在平庸的日常平添暖色。生活是琐碎和俗气的，也是不如意者十之八九。年轻人往往会觉得压力很大，一是物质，二是心理，特别是情感得不到释放，容易急躁、忧郁，甚至崩溃或沉沦。有一种爱好可以寄托，就像给人装上羽翼，可在心灵的天空自在遨游，不至于沉湎一域无可自拔。某种程度上爱好是抵抗苟且的一剂良药。摩西奶奶说：投身于自己真正喜爱的事情时的专注与成就感，足以润色柴米油盐酱醋茶这些琐碎日常生活带来的厌倦与枯燥，足以让你在家庭生活中不过分依赖，保留独属于自己的一片小天地。

爱好还可以让人变得有趣。爱好不是喜欢，爱好是一种长久的喜欢。你喜欢一样事情喜欢得不得了，你的行为会和周围的人拉开一大段距离。喜欢摄影的人会在凌晨3点起床跑去山顶拍摄满天的星星；喜欢自行车运动的人会用一个暑假踩着单车踩到拉萨；好茶之人愿意花几千上万元去品一口向往已久的好茶。而喜爱音乐的马文则愿意对着一群鸭子全神贯注地拉弹，全然不理会他人诧异的眼神。你可以说他们的行为不可理喻，或者比较奇葩。但不否认，谈到他们你会觉得有话可谈，甚至会比较欢快地谈。因为他们和别人不一样，他们把生活过得比别人有趣，自己也由此变成他人眼中的有趣之人。就像我对马文的看法一样，我觉得他不单是一个自我的人，也是一位有趣的人。而我喜欢跟有趣的人一起。所以在他对着鸭子拉完二胡之后，我就跑过去，跟他分析鸭子们在听音乐时的种种表现，然后我给他一些建议比如可以尝试换别的乐器换更激昂的旋律。读到一句话：好看的皮囊千篇一律，而爱好才会使你光彩动人。说得真是好。

关于爱好，大师们曾发表过诸多精辟的言论。明人袁宏道说：余观世上语言无味面目可憎之人，皆无癖之人耳。清人张潮说：花不可以无蝶，山不可以无泉，石不可以无苔，水不可以无藻，乔木不可以无藤萝，人不可以无癖。梁启超说：凡人必常常生活于趣味之中，生活才有价值。林散之先生也说：一个人要有癖好，古人云，不要友无癖者。因有癖，才有真性情，真心得。一个人一生要有一好，如书、画、琴、棋、诗文等。人生多苦难，有点艺术是安慰。

其中说得最惊世骇俗的是明朝遗民张岱，他说：人无癖不可与交，以其无深情也。一个人若没爱好，对什么都冷漠，眼前空无一物，心浮气躁，必无真情可言。推物及人，对物如此，对人能好到那里？这样的人，当然不值得交往。

从今之后，交朋友先看他有无爱好。没有爱好，诚不交也。

你想要的是什么

摘　要： 如果你知道你想要什么，全世界都会为你让路。

关键词： 精要主义　目标感

12 月学校的双选会结束后，登高同学跟我聊面试感受，其中有一点是：今年用人单位对学生英语的水平要求较高，不过四级的很多都没面试机会。我很认真地对登高说，那接下来还有半年时间才毕业，你应该死磕英语，争取在毕业前把四级给考过了。这样一方面你好找工作，另一方面英语确实能给人生带来好处。你想想目前这个世界那些最发达的人群基本是用英语交流，顶级的学术期刊基本也是英文出版。如果你不懂英语，你就无法第一时间了解到最前沿的东西。像老陆一样，因为英语烂只能读别人翻译成中文的资料，这些翻译过的信息自然没有一手信息那么原生态，况且有些翻译不到位，你读到的可能会是错误的东西。

我鼓励登高学英语，反复用的一个词"死磕"。告诉他不要杂七杂八的事都做，就专门挑几件重要的事，每天花大量时间去打磨，日复一日地死磕下去。有好多人很贪心，样样东西都想要，然后他们又觉得自己很强大，以为自己可以同时驾驭多种局面。一些人还多喝心灵鸡汤，满满正能量以为能打遍天下无敌。但真实的人生不是那样。人是有局限性的，时间、精力、能力都注定我们有所不能。把人放到浩瀚宇宙中去观望其力量和一只蚂蚁也并没有多大不同。所以博必不专是一种常态。我们所说的"博士"其实是在很窄的专门领域进行深度挖掘的人，并不是什么都涉猎。

管理大师德鲁克说："我们这个时代最大的成就，是更多的人拥有选择的权利，但绝大多数人都还没有为此而做好准备"。现在的人学什么、吃什么、做什么、去哪里，跟谁在一起等等都比以往有更多的选择权。前所未有的选择权让人生更自由和丰富多彩，但也带来压力和烦恼。特别是对于一个没有选择能力的人，选择权太多往往不是好事。就像年轻父母如果允许自己的小孩每天自由安排活动时间，这个小孩子大体会把生活过得一团糟。

有一本书叫《精要主义》，作者首先讲自己的故事：本来应该请假陪伴在刚生完孩子的妻子身边，由于同事的要求，违心地去参加一个不是很重要的会议。通过这个故事作者提出：如果不能自己安排生活的优先级次序，就只能任由别人替你安排。在作者看来精要主义的核心思想是：时间与精力只用于有意义的事情上。舍弃大多事，选择最有意义的少数事情，并把它做到极致，生命才会更精致。

在这个过度互联、选择呈指数级增长的时代，人往往因为"怕错过""害怕拒绝"的本能而倾向于做得"更多"，却忽略"更好"。每种选择都会占据我们的生命时间，但并非每种选择都同等重要。管理学上有一个 ABC 分类法，认为事情有重要，一般重要，不重要之分，而重要的只是很少的部分，我们只要抓住这关键的少数，往往就能赢得人生。西南航空为节约成本，只提供点对点航线，不提供餐食，不提供头等舱服务。这些"不作为"虽然损失掉一部分客户，但由于极大降低了运营成本，并给客户提供了具备足够竞争力的价格，因此成为市场上最大赢家。巴菲特谈到他的投资策略时也曾说：有时候，你不做什么恰恰和你做什么一样重要。所以人生要有所作为，要甄别出哪些对我们来说不重要的事项，扔掉它，只聚焦在少数对的事情上。

但很多人在"舍弃"上卡住，不知道对自己来说什么最重要、什么最想要。在这个信息高速连接时代，奇怪的是人类对自己喜欢的明星的兴趣爱好、生活习惯往往如数家珍，对社会、对大自然的种种现象也可以侃侃而谈。但对于自己却往往知之甚少。我是一个怎样的人？我喜欢什么？我擅长什么？我想要什么？很多人一生都没有认真想过。大多人习惯于往外走，不大习惯往内走进自己的内心，找寻自己的"目标"。

扎克伯格 2017 年在给哈佛大学 2017 届毕业生做演讲时以"目标感"为主题，他认为：一个人应该不仅要有目标，而且还要为身边的人创造目标感。所谓"目标感"，就是在意识上知道自己真正想要的是什么，并在行动上心无旁骛、朝它靠拢。目标感的核心是"感"，就是经常能感受到自己真正想要的东西，并能以此为行动指引。

所以一个人应该有意识地培养自己的目标感。对于目标过多的人，要从思考的断舍离开始，把你现在做的事情都罗列出来，然后做减法，一个一个扔掉，剥离出最后仅剩的东西。你不可能什么都要。而对于没有目标的人，要努力学做"意义塑造师"，学会给生活塑造意义，让自己在意义的指引下一步一步往前走，一直走，甚至走到别人未曾走过的地方，看见别人未曾见过的风景。特斯拉电动汽车的 CEO 马斯克曾自称要建立从太阳能电池板直接获得能量的超级充电站，目的是：在爆发丧尸危机后，可以依靠超级充电网络周游全国。马斯克用这种傻里傻气的荒诞幽默让人们感受到他异乎常人的目标感，并告诉人们：我跟他们不一样，我不是造汽车的，我会把你们带到未来。

在前些天的一个夜晚，和登高、雅霓几个小编一起小酌。我跟他们谈到自己的目标。十年后希望自己能出一本关于《诗经》的书。诗三百，每一首都是一个故事。我要挑出里面最动人的 50 个故事来讲一讲，然后还要配上和故事搭配的摄影图片，和用毛笔写成的最美诗句。我告诉他们：老陆不是出书，老陆要通过自己的方式展现美好的中国文化。所以你们看见了：我每天都在练毛笔字，只要一有空就跑出去摄影。

那些臭毛病到死也改不了

摘　　要： 视野的高低决定了人的高下之分

关键词： 认知迭代　避免不一致性倾向

99% 以上的人都不知道那一天是人类史上的一个关键时刻——公元 2016 年 3 月 15 日阿尔法狗战胜人类围棋顶级高手李世石。无机的硅智能开始全面超越有机的碳智能。工业时代宣告结束，人类进入了智能时代。这也意味从这里开始的人类社会将和之前的时代大有不同。

有人类研究学者提出，三百万年的人类历史中有五个关键时刻决定了人类命运的走势，引领了人类发展的方向。第一个关键时刻：公元前 176 万年，人类创造了阿舍利石斧，开始向地球生物链顶端冲击。石斧就像是人手的延长，它弥补了人类肢体能力和坚硬度的不足。这个看似偶然而奇特的现象，后来竟决定了这个物种的命运。这把石斧从公元前 176 万年到公元前 20 万年一直用了 150 万年。阿舍利石斧成为人类这个不是最大个，也不是最有力量的物种对付无数恶禽猛兽，艰难生存下来的重要保障。并最终让人类从普普通通的动物变成万物之王。第二个关键时刻：公元前一万年，人类进入了农耕时代。人类开始培植了玉米、小麦，驯化猪、狗、鸡，驯化着各种生命。人类通过创造农作物和家禽家畜使自身获得了非常稳定、非常高效的生活资料从而创造了非常辉煌的古代文明。人类历史的第二个关键时刻的出现，离上一个关键时刻的出现经历了近两百万年之久的岁月。第三个关键时刻：公元 1775 年，人类进入工业时代。1775 瓦特蒸汽机开始量产并成为人类生产制造活动的标准配置，这个世界立马发生了天翻地覆的变化。人类历史的第三个关键时刻的出现，离上一个关键时刻的出现大体经历了一万年。我们还可以看到，原始石器时代，人类的历史绵绵延续了 300 万年。而农耕时代的历史就只有 1 万年，但这 1 万年创造的财富，远远超过了原始时代300万年的总和。而工业时代到现在只有250年的历史。它所创造的财富，竟然超过了农耕时代和原始时代的总和。

第四个关键时刻，就是前面说到的2016年，人类进入智能时代。从谷歌的一只狗战胜李世石的那一刻起历时250年的工业时代结束了。前者预计，智能时代将历时30年，也就是说从2016年起到2045年结束。而这30年人类创造的生产力和社会财富，将超越工业时代250年发展的总和。人类历史的发展速度越来越快，生产效率越来越高，创造的财富也越来越多了。这就是人类社会指数式发展的基本特征。第五个关键时刻：公元2046年，人类开始向神转化，人工合成生命开始超越人类生命，人类进入生命设计和生命创造时代……

你有可能会觉得自己很神奇，这一辈子竟然能够一只脚跨在人类发展史的第三个关键时刻，而另一只脚跨在人类发展史的第四个关键时刻。如果不出现太大的意外，你们当中的所有人都会等得到第五个时代的来临。同时，你们会觉得诧异，自己身处这样一个波澜壮阔的大拐弯时代竟不自知。然后你们会疑惑，接下来会发生什么，我们该怎么做？

猎豹的CEO傅盛写过一篇广为流传的文章《成长就是认知升级》，他认为人和人最大的差别是认知。技能的差别是可量化的，技能再多累加，也只是熟练工种。而认知的差别是本质的，是不可量化的。而认知的本质就是做决定。人和人一旦产生认知差别，就会做出完全不一样的决定。而这些决定，就是你和这些人最大的区别。换一句话说，视野的高低决定了人的高下之分。人的思想其实是自己所接触过的一切信息的聚合。你潜移默化接收到的一切信息，会构建起你的"思维框架"。你的一切思考、分析和观点，都是建立在这个"思维框架"里面的。简而言之，你学习到的一切，构成了你的大脑。所以，如果想要让已经成型的"思维框架"，更加贴近真实，更加高瞻远瞩，就需要每隔一段时间，对它进行又一次的推翻、打破、修复、重建。这就是认知升级。

因此，提升自身的认知无疑是首当其冲。成长的核心就是我们脑海里的大图和认知的能力。但傅盛悲观地认为这个世界上有95%的不知道自己不知道，4%的人知道自己不知道，0.9%的人知道自己知道，0.1%的人不知道自己知道。第一种人，以为自己什么都知道，处于自以为是的认知状态。最后一种人，永远保持空杯心态，是认知的最高境界。按照这个概率划分，我们当中的绝大多数人都是95%那类人。但是我们会这么认为吗？这反过来也说明人类自我的认知偏差有多严重。因为我们自以为是，或者自以为是而不自知，所以我们就根本没有提升认知的紧迫感。所以你也看到了,身边很多人操心的是如何吃喝玩乐,为学习操心的很少。

有一些人知道自己不知道。也想提升认知,但效果不好。心理学上讲到一个现象,叫作"避免不一致性倾向",也叫"第一结论偏见"。说的是一个人一旦形成一个观点,或一种行为习惯,就会一直保持下去,拒绝改变。其实人类头脑和人类卵子的运作方式非常相似,当一个精子进入卵子,卵子就会自动启动一种封闭机制,阻止其他精子的进入。人的思想也是这样,人在成长的过程中,大脑一旦形成某种认知模式,就会成为封闭结构,新思想很难再进入大脑,尤其是这种认知模式给人带来大量收益的时候,因此以前的观点、结论,以前的忠诚度、身份、社会认可的角色,甚至各种习惯无论是好习惯还是坏习惯,经常跟随我们一生。所以那句"三岁看老"的老话是有道理的。

为什么我们的大脑抗拒改变?这其实是人类在进化的过程中,逐渐形成的生存模式。为了节省运算时间,人类的大脑会延续已有的思维模式而快速做出反应,以捕杀到猎物或在猛兽来临之前逃离。另外保持延续性也可以使我们的祖先能够通过群体协作而获得生存优势,而不必担心一个人的承诺会随时改变。

避免不一致性倾向,确实给文明社会带来了许多良好的影响。但其本身也造成了较大的负面作用。在影响认知方面,我们所有人都曾和许多冥顽不化的人打过交道,那些人死抱着甚至是他们在小时候形成的错误观念不肯放手。人类头脑倾向于积累大量僵化的结论和态度,而且并不经常去检查,更不会去改变,即便有大量的证据表明它们是错误的。然后,当有一天就算他想去改变,因为旧观念的存在也会使这种改变的进程变得困难重重。由于避免不一致性倾向的存在,改变一种习惯比建立一种习惯还要难,所以一些人一辈子身上的那些臭毛病,到死也改不了。

知道了改变的重要,同时也深知改变的艰难。我们接下来要做的是去学习、去了解、去反思、去改变。有一个词叫"认知迭代",它是认知升级的方法论。意思是要通过不断地收集关于自己认知的反馈信息,调整自己的认知不断螺旋上升的过程。每一次迭代,自身的知识都要比之前的拓宽甚至颠覆原来的认知。认知迭代有两个特点,第一个是要快,这个时代高速前进,你要迅速地跟上节奏,不断地学不断进步,从而不断的迭代,而不是指望一蹴而就。第二是落实到行动。人不能不下水,就学会游泳。没有行动,最后收集的只是想象。知行合一才是完美的认知迭代。通过认知的小步快跑,不断迭代,最终达到思维系统的更新换代。让思维超出目前这个层次，接触到更高的层级。一旦完成这样的飞跃，你就会发现，以前那些熟悉的事物，在你眼中，呈现出了全然不一样的角度。你的思想将如同打开了一个闸门，涌动出无限新鲜而充满活力的念头。你将获得脱胎换骨般的成长。

举几个例子说明什么是认知迭代吧：从出卖体力到出卖智力；从压榨自己的劳动力到撬动资源；从工作就是出卖时间换钱到工作就是跟团队一起创造价值；从我要做好每一件事到我要做好最重要的事；从我要完成这个任务到我要完成这个项目；从我需要做什么到我想要做什么。每一次都算是一次认知的迭代。

更具体的，回到文章的第一部分，我们身处智能时代，对于这个时代会发生什么，我们看看李开复的认知。李开复认为智能时代，大约目前50%的工作都将逐步被人工智能软件所取代。工厂工人、建筑工人、快递员、交易员、银行柜员、司机，甚至工程师、设计师及律师等专业性工作，都将陆续被取代。部分工作则会因此转型，例如医生，将改由 AI 负责判读病情，人类作为提供服务的桥梁。反观，艺术家、作家、导演等创意性工作、历史学、人类学、社会学等人文科学工作、顶尖管理者及跨领域专家等将会有更大的空间。李开复还特意提到服务业。一个好的服务者，或者是服务业的创业者，都在未来非常有价值。

李开复认为知己知彼就好。人工智能不擅长做什么，你就去做。大量简单、重复性、可量化、不需复杂思考就能完成决策的工作会被人工智能取代。而无法输入大数据去分析、预测的领域，将最不容易被 AI 取代。他举"审美"为例，现在的 AI 技术可以辨别出普遍性的美感，或仿造出名家的画作，却无法创造出全新的作品，这就是科技的局限。

你呢？你对这个时代有怎样的认知？

电车满格的幸福

摘　要：如果说情商体现的是自己与他人的相处能力，逆商则更多体现的是自己与自己相处的能力。

关键词：逆境商数

每天拍一张图然后发到 QQ 空间，这个习惯坚持已有好些年。那晚加班后披着雨衣开着小电车赶回家，在十字路口等绿灯的间隙看到一女士在雨中推小电车，随手就拍一张发到 Q 上，配上文字：雨中踯躅，有一点点顾影自怜。但第二天在十字路口，又遇见一位推车的女士，顿时就开心开来。同一个地方，昨晚一位，今晚一位，风雨兼程的故事接踵上演，明晚应该还会有新的一位。世界从来不缺无奈。如果失意彷徨，去看看他人的不开心吧，你会很快开心。不是幸灾乐祸，而是从他人那里回望，用心灵照见万物，天地广阔，静水流深。是的，失落的不是只有你一个，最难过的也不会是你。至少，你的小电车还带电满格。至少，回家的路越来越近……晚安，冷雨夜（11 月 25 日每日图志）。现在再看这个文字觉得有些矫情但当时心情却是比这个文字还要更起伏。

国庆节收假后上高速路，车在半路出大故障，只能叫拖车拖到附近的平果县城，把车扔在某个修理厂。一个多个月过去，因为太多杂事顾不上处理，出入都是用小电车代步。那个月阴雨连绵不绝，天冷课又多，加上学校离家又远，每日奔波往返整个人变得很不好。更让人感觉糟糕的是 9 月初开学，一个很好的学生、后来的同事身体检查出大问题。我作为最早知道情况的人顿时陷入焦虑模式。协助他联系广州、上海医院鼓励勇敢前行。将进动车站，谈笑中挥挥手说珍重心里却苍凉。

认识一位研修玄学的朋友，大家都叫四哥，我也跟着叫。2017 年初他很认真地跟我说，2017 年你可放开手脚大干一番。当时很高兴，想着苦日子终于要熬到头。因为在这之前的这些年，经历诸多风雨人生跌入深谷。换一种老蒋的乐观说法是人生处于两个波峰之间。

认识四哥时应该是 2016 年初，第一次见面他就很认真告诫我 2016 年不宜折腾。我没有细问原因，就算问估计四哥也不会说。但他一说我马上认同。其实我对玄学一无所知也从无兴趣。真实情况可能是内心早就想找个理由让自己歇歇，然后四哥的话一下子让自己找到台阶。好吧，那我去读书，换一种方式，让自己安静。但后来发现其实并不能，而且感觉又进入另外一个坑。期间的辛苦不想细说。只在某次理发师不经意说句：呀，白头发越来越多。不免感慨。

我真以为 2017 年会是比较好的一年。不仅仅是因为四哥那样一说。而是真觉着 2017 年再差，也定不会比 2015 年 2016 年更差。所经历的 2015 和 2016 年让人觉得平凡的生活都是一种极端幸福。否极泰来，我认为我的谨慎乐观有逻辑依据。

但真实生活有时候不按逻辑运行。又或者是否未至极。2017 年初，最亲的亲人突然身体检查出问题。诊断书叮一声传到微信，其时我正和他人沟通工作，循着声音点击屏幕一下子我瘫在沙发上久不说话。

"四哥，咋回事？说好的 2017 年呢?"，有时想这样询问四哥。今天是 12 月 13 日，2017 年的时光已无多。总结一下：原以为 2016 年最差，F，没想 2017 年更差。

就算这样，我还是比较小心地不让自己内心的焦虑跑出来。我知道如果任由它乱窜，只能让自己变得更加糟糕，更重要的是身上背一个火药桶到哪里都会有误伤他人的危险。

再说了，这样的困境对我而言可能是有生以来最难受的，是纵着看。但如果横着看，和周围的人比，一定也还有人将我这种视为痛苦的生活看成幸福和奢望。习惯四轮的我开回小电车觉得不开心，加上那点淫雨不自觉渲染然后带出的那点小情绪，人不免就自怜自艾。这的确矫情。这算什么，别人也是开小电车，而且别人还是推着，而你的电车还有满格的电。我鄙视我。

有一个不太权威的心理学定律叫"烦恼保持定律"，说的是宇宙中的烦恼总量保持不变。我愿意相信它。就是说今天你提前把大量的烦恼吞灭，明天之后烦恼自然会少。因为总量是不变的，你今天用多，以后自会少。所以我对以后依然是谨慎乐观。四哥的话还是要听，他说 2017 年可以大干一番，是要我大胆地和烦恼斗争。

最重要的是我觉得自己还有希望。我还活着，还有很多欲望。那一天，还是阴雨，骑着小电车出门，在东合大桥上风把包头的雨衣吹开，几滴细小而急的雨快速地打湿眼镜，我不由大喊一声：我 K。那时四周无人，我好像能听到自己声音的回响，竟然那样元气满满，还夹杂一点变态的快乐。是的，即使伤痕累累我也不会屈服。

熟悉的朋友说我心态保持得好。我才发现自己原来还有这样的优点。但其实内心的想法和以前相比还是有一些变化。比如，以前对于教育小孩，我总是更多的鼓励，总是更多的想办法让他们开心。但最近刚学会下象棋的五哥找我下棋时，我竟然狠心让他连输三局。这在以往是不可想象的，放在之前我起码会在后面两局故意输给他。

我觉得不能再营造这种虚假的顺风顺水给他。真实人生不是那样。除了鼓励和赞美，还要让他去慢慢体会人世的无奈和挫折。否则当以后真实的困难横亘在他面前时他会因为毫无抵抗能力而崩溃掉，从而彻底失去扳回一局的勇气和机会。

在决定人生命运的各种个性特质中，3 个 Q 无疑最关键，它们分别是 IQ（智商）、EQ（情商）、AQ（逆商），其中情商和逆商又更重要。逆商（Adversity Quotient）全称逆境商数，一般被译为挫折商或逆境商。指人们面对逆境时的反应方式。如果说情商更多的是体现与他人的相处能力，逆商则更多的体现自己与自己相处的能力。面对各种困境、挫折，我都要记得提醒自己不要急，对自己好一点，一切并没有那么糟。2017，它终究要离去。

但手熟尔

摘　要：人生的成功不在于聪明和机会，乃在于专心和有恒。
关键词：但手熟尔

前些天有尊贵的客人到百色，于是想送些具有百色特色的礼物。有人提议送桃壳瓶。桃壳瓶是乐业的特产，当地盛产核桃，有心的人便把核桃壳加工成薄片，然后穿针引线制作成美轮美奂的工艺瓶。看到瓶子的人莫不赞叹。核桃壳漂亮的纹理散发迷人气息，让人爱不释手。而更叫人惊叹的是这种切成薄片的核桃壳一个挨着一个极尽其繁，渲染着一种低调的灿烂。少则上百，多则上万片核桃壳才可以做成一个漂亮的工艺瓶，这样的细活，这样的耐性使桃壳瓶具有了别样的高贵。一个核桃壳微不足道，两个核桃壳微不足道，但当成千上万个核桃壳以一种别样的形式串在一处，便有了人人喜欢的力量。

经常在高速路上驱车，每过收费站，总能看到收费员露出笑脸："先生您好，请交通行卡""先生您好，收费××元"，倘是周末或是节日，还会收到"祝您周末/节日愉快"这样的问候。看多听多不禁觉得有特色，以至于我曾开玩笑地跟别人说，找女朋友不要找高速收费站的。你想想每天成千上万辆车经过，每辆车经过都得微笑，一天下来还不把笑肌给弄坏了？下班后去约会还能笑得出来？肯定是绷着脸黑着脸。美女是好，但黑着脸的美女可不好惹。这当然是玩笑话，从敬业的角度讲，这些收银员能天天如一地冲着每辆车微笑确是打心眼里让人敬佩。后来我听车友说，也不是每条高速路上都能碰到微笑，广西的高速路收费站是服务最好最让人舒服的，出了广西，很多收费站收费员的脸如锅盖，让人心堵。据说，全国各地高速路管理系统都曾组织职员来广西学习考察。主要学习内容是：怎样做到无条件地冲着每一辆车微笑，并且天天如此！微笑简单到人人都会，但天天如一的微笑却甚少有人做到。于是做到的那些人成了出色的人，有了让人景仰的资本。

前阵子，我去 4S 店保养爱车。因为自己开了汽车美容公司，能自己处理的问题都自己处理，好久没到 4S 店。再次来到，感觉还是愉悦。环境还是像以前一样的干净舒适。接待员都不认识了，但热情依旧。连他们接车，开车的程序都一成不变，他们永远会在你的驾驶座上垫上一块塑料才坐上你的车（尽管这些接待员穿着比我们还要整洁干净）。保养后的第三天，果然接到 4S 店亲切的回访电话。我的车买了有三年，每次去保养，服务的质量和程序基本都是一样。于是我想，为什么我们总说 4S 店的收费太贵，但 4S 店的生意却依旧火红？或许答案是：4S 店的保养费用贵就贵在往每辆车垫上的那一块塑料。塑料不值钱，值钱的是放那块塑料的动作，这个简单的动作坚持好多年，于是贵得让人心服口服，以至于都不好意思讲价。

做一件好事不难，难的是不停不断地做好事。于是，雷锋成了伟大的人。一滴水太小，小到不起眼，但千万滴水不停不断地往下滴，便有了穿石的力量。写一篇工作日记不难，难的是天天用心去记录并记上几年甚至几十年，倘能做到，便是记录了一段岁月，一段历史。史学专家说，别人写的传记，不如自己写的自传，而自己写的自传，史料价值却不如自己写的日记，尤其是不间断的日记。天天记上百把字，同样可以成就自己的传奇。于我而言，倘能每年写 50篇商旅记事，我也可以做到了不起。

基础学院二楼楼梯口贴着的一幅字画引起我长长的深思。那是简单的一句话：人生的成功不在于聪明和机会，乃在于专心和有恒。

很小的事也用心做，坚持不断地做。只要坚持，成功终会和我们握手。

无他，但手熟尔。

我听到卖油翁淡定地贴着我的耳朵轻轻说。

未知生焉知死

摘　要：在有生之年，要做到努力工作快乐生活，活好每分每秒。
关键词：生命价值

看过一幅标题为《人生》的漫画，画面是一个人被当作炮弹，从炮筒里面发射出来，划过一条长长的弧线，最终落进了一座坟墓。当时被这幅画强烈雷住，以至于过了好多年，画面还历历在目。

高中时读过一本书叫《挪威的森林》，从那时起喜欢上村上春树，他的书陆陆续续地买。但时过多年，最喜欢的仍然是最初的那一本，以至于前几年在城乡路开的音像店，就起名为"挪威森林"。喜欢率性知性的渡边，喜欢真诚的木月、恬静的直子、可爱的敢死队，还有活泼调皮的绿子。但木月死了，直子也死了，敢死队也莫名地没了踪影。木月死的那个晚上，18 岁的主人公渡边痛苦地发觉：死并非生的对立面，而作为生的一部分永存。但在此之前，总以为死在彼侧，我在此侧。我在此侧，不在彼侧。读到这段文字时，当年亦青春少年的我莫名惆怅。

工作后参加过几次葬礼，目睹过数次天灾人祸。每次心情都沉重。明白生老病死原是人生之规律。但在我却有意或无意的麻木。宁可认为那都是别人的事，与我无甚关联。我相信世上之人大多亦如我一般，都选择性地忽略了死亡。有谁愿意去想自己哪时会死，以何种方式死呢？尽管死亡的恐惧深埋于内心，我们却都小心翼翼地绕开不愿意去揭开。但死亡终究会来临，而且它来临的时候不会提前通知你。所以当我们身边的人甚至我们的亲人朋友仓促离世时，我们会恍惚会唏嘘会无以言表地哀伤。

以往我们总喜欢追问结果。小时候听外婆讲故事，总是迫不及待地插话，结果怎样了呢，当外婆说最后王子和灰姑娘过上神仙般的生活时，我们会哦的一声倍儿满足，至于过程的种种竟懒得细听了。读书时大人们只会问考了多少分，分数为什么这么低，至于过程苦不苦、累不累却从来不问。再大些，我们做梦都想天上掉下大把钱，至于什么人从天下撒钱给我们，我们才懒得去想。我们希望凡事都有一个好的结果。但实际上人生最大的结果是：每个人终将死去。生命实际上是一个过程，弧线划过长些，过程就长些；弧线划过短些，过程就短些。但不管弧线长短，结果都是一样的。

当我们明了人生仿佛流星划过，仿佛炮弹飞过，我们能做的就是追求这条划过的弧线的优美度了。就算死，也要死得帅些。孔子说：未知生，焉知死。也就是说要想知道死，先要懂得生。他还说：朝闻道，夕死可矣。甚至还提倡舍生取义。孔老师认为，人不应当害怕死亡，他所应害怕的是未曾真正地生活过。庄子对生死更看得开，他在妻子去世时的鼓盆而歌举世闻名。在他看来生死之间不过是一种形态的转变。他强调"不知说（悦）生，不知恶死"，意思是不知道喜欢"生"，也不知道害怕"死"，倡导"忘记生死，顺乎自然"的"生死观"。表面看，好像生死都无所谓，但深层意思则是：顺乎自然的人生才是最美的人生。孔子认为没有认真地生活是让人害怕的，是没有价值的。庄子认为自在的生活才是最美的，才有价值。两位老人家实际上都认为生命应当获得价值。只是他们对生命价值的理解不同而已。陆增辉则认为：生活应当优美些好看些也就是赏心悦目些，这样的人生才是帅帅的人生。

生命是一条不可逆转的单行线。昼走夜来，冬去春来，四时更迭。生命首先必须遵循自然的规律，追求每一个季节的优美。童年应当是尽情地蹦跳，中青年应是努力地奋斗，老年则应是淡定地养性。生命弧线这样优美地徐徐展开，和谐舒畅，让人充实和赞叹。设想，这个过程如果是逆转的或者是混乱的，变成了奋斗的童年，养性的青壮年，蹦跳的老年，那多么让人沮丧。现实中，就有一些人的生命之弧是违背自然规律的，他们是青年人，有的却仍如孩童般一天只会蹦蹦跳跳，上蹿下跳不想事不做事做不成事。而有的老气横秋，天天坐在电脑前沉湎于电子书半条命，悠然自得了无追求。王小波认为人的一生是分几个不同时代的，青年是人生的黄金时代，中年则是白银时代，接下来是青铜时代、废铁时代。当有一天，我们走到了废铁时代，回望走过的黄金时代，唯一能炫耀的竟是年轻时候的饭量和力气。这多么让人受伤。更让人悲伤的是，我们再也走不回去了。花有重开时，人无再少年。有多少事可以重来，唯有生命的弧线缓缓向前划去，永不回头。这时，孔子他老人家站在2500多年前的时光河流之上叹息：未知生，焉知死。

生命是一条轻盈圆润的动人曲线。划过的每一点滴都是别致的生动的，都是精彩的好看的。生命应当学会去顺应学会去把握。不同的生命弧线有不同的形态，有的粗有的细有的长有的短，那全都是大自然的赋予。不要沾沾自喜也要不自暴自弃。就让我们自在地享受属于我们自己的那条生命之弧。对待青春的生命应当是这样：开心过好自己的每一天，尽情地享受属于这个季节的所有的点滴快乐。每个生命在最终结果上都是公平的。一花一世界，一树一菩提，每个生命都是深沉和让人惊喜的。生命过程中，应当学会欣赏自己的精彩，而不是去嗟叹与另一个生命相比自己生命过程中的种种不合意。但，真正的有多少人做得到呢？我们总是很容易地被得失牵绊，恨自己没有这没有那，恨自己错过这错过那。于是生命的过程除了一路悲伤还是一路悲伤。为什么不能快乐些？为什么不能让自己放开些呢？如果我们能做到自在地品味自己的生命过程，细细地享受这个过程的每一点细小变化。那我们的人生与别人不一样又如何呢？春天来了我唱歌，夏天来了我跳舞，秋天来了我摘果，冬天来了我打盹，所有的快乐都是自己的。倘能这样，你会听到庄子他老人家站在2500多年前的时光河流之上悠然放歌：古之真人，不知说生，不知恶死。

孔老师认为生命应当去努力去建立。庄老师说人生应当去顺应去乐生。陆老师愿意牵强附会地认为，孔子更多的是从工作层面去强调：努力工作追求成就的一生是充实的一生。庄子更多的是从生活的层面去强调：自在生活注重快乐的一生是美好的一生。

死亡注定无法回避，但我们可以选择有故事有价值的生命过程。如果我们可以在有生之年，做到努力工作快乐生活，活好每分每秒。那即使像流星划过，我们亦能坦然，亦会了无遗憾。

不知说生不知恶死

摘　要：人的生死就像春夏秋冬四季，是自然的变化。

关键词：生死边界

知道死亡无法回避。但我们却喜欢选择麻痹。对于我们来说，死亡离我们好像还很遥远，那应该是好多好多年以后的事了，现在瞎想做什么呢？我们都这么认为。但，如果明天我们就要死去了呢？如果死亡的消息被我们预先收到呢，我们还能这样安然吗？

记得在我的学生时代，曾有过一次较漫长的旅行。当时是暑期，我没有回家，给父亲写了一封信，剪了个平头，背了个挎包，很豪爽地就往西南方向一路前行，从大理到昆明从昆明到西双版纳，然后又到缅甸的小孟拉。一路的风尘虽已时过十载，至今仍了然于胸。但这一趟旅行，对我最大的震撼竟是对脆弱生命的第一次沉重叹息。在那一趟旅行中，我一路前行，竟一路目睹了好几起的车祸，每次瞥见那血腥的场面，心仿佛被人突然地揪了起来，揪得老高老高，让人非常恐慌。生命怎么说没有一下子就没有了呢？他们面目模糊地躺在路中央或路旁，身旁鲜血流淌。他们的亲人这时在做什么，他们知道了吗？我甚至想，在此之前，死去的这些人，知道自己这一刻会在此地死去吗？如果知道，他们会来这里吗？如果知道自己要死，他们会怎么想？我脑子里乱糟糟地想着这些问题，而且每一次目睹，这些问题又都每一次冒出来挤压内心，挤得让人生痛。这些恐怖的场景以它生硬而粗暴的方式对我的思想进行高压荡涤。这之前，我从没想过，这是这趟旅行中最深刻的感受。

我不喜欢去医院，哪怕是探望亲朋。医院的气氛让我情绪很压抑。就隔一堵墙，墙内的医院节奏沉缓，气息里弥漫着伤感无奈，墙外的大街路人如蚁奔忙，车流滚滚人声鼎沸一派熙熙攘攘。这是多么不同的两个世界，我常如此想。

里面的人关注的是健康与死亡，外面的人关注的是名利与生计。他们就隔着一堵墙，状态却如此迥异。所有人都希望自己在墙外而不是墙内，我也是。所以每次从医院出来，我都会暗自松一口气，仿佛自己又逃过一劫。但理智还是让我明白，这只是一个幻觉。其实，一堵墙放大了来说就像隔离着生死，生与死就在墙内外穿梭。死包围在生之中，生死时刻相依在城市在农村在大街小巷村头弄尾的每一角落包括我们内心。谁能无死？绝大多数的人都要待过医院，绝大多数的人都要在医院完成生死的交替。这是事实，跟喜欢与不喜欢没有关系。

伟人能超脱地看待生死。庄子的老婆死了，友人前往吊唁，惊奇地发现庄子正坐在那里伸长双腿，悠闲地敲着瓦钵，口中念念有词，一副悠然自得的样子。友人责怪庄子太过分。庄子回答：哪里！其实她刚死的时候，我还是很悲痛的。后来一想，人本来就是无生无形无气的东西，人的生死就像春夏秋冬四季，是自然的变化。她现在安然地长眠于天地之间。而我如果在这里号啕大哭的话，那也显得太不通达了。多么洒脱的庄子！凡人如我辈只能是仰望兴叹了。伟人的境界我们的确难以企及。但面对生死，实际上我们可以踮起脚跟，站在比以往更高一些的角度去提升自己的观念。这样，即使还不能抵达伟人的高度，至少，我们可以做生死的达人。

首先，爱惜自己的身体。身体是革命的本钱，这话很有道理。没有健康的身体，自在快乐的生活只会是奢望。更别谈去奋斗去建功。最重要的是，健康的身体，能拉长我们生命的长度。因为懂得必有一天要死，所以更懂得生命的可贵。健康的身体能使我们在死亡来临之前好好地长久地享受大自然对我们生命的赋予，这是对生命最大的尊重了。最大的投资是投资健康。这么简单的道理我是在这两三年才有所体会，我觉得有些迟。在以往的很长时间里，我严重透支自己的体力，喝酒应酬没有节制，玩命工作不分昼夜。结果人过三十，躯体的零件开始松散老化，竟变得有些力不从心了。记得大学时代，班里有位爱打篮球的舍友，他对从不锻炼的我经常教训的一句话是：现在不锻炼，过了30岁就懂得错！现在想来，吾舍友何等英明。谭咏麟对外人说他的年纪：年年25。以前只当玩笑听，现在却成了心里最强烈的愿望。25岁，该是体魄最充沛的年纪，人若能年年25，那人生有多豪迈。只是，现在我等却有了30岁年纪40岁身体的恐惧。未知生，焉知死，又听到孔子他老人家在叹息。如何能保养好自己的身体，我也在慢慢学习。作息有规律，劳逸相结合，注意饮食结构，多多锻炼。我想，这应是最基本也是最有效的。

其次，做最重要的事。每个人都会有很多梦想。像我，希望能去西藏还有内蒙古走走看看。希望能拿起相机随意地拍拍自己喜欢的东西。希望能在老家起一栋小楼。还希望能学学书法。更希望能把以学生为主要消费对象的生意做透做专。当然了，还有好多好多的希望，有些只想放在内心，但愿有一天能偷偷地去实现。可是，哪一天，这些希望才能一个一个实现呢？经常对自己说，等过几年，工作轻松点就去做。但一年又一年过去了，希望总是停留在空想状态。我们总以为以后还有很多机会，以后再说吧，现在不急。所以，我们每天做的很多事往往未必是最需要做的事。甚至有好多人生命即将走到尽头，才发现这一生留下了很多遗憾，心中的理想竟然没有放飞过。如果，我们能认真盘点自己一生必须要做的事或想做的事，把它做个排序。这个排序如果按照健康状况来排，那肯定跟我们自己现在的排法不太一样。据说，苹果的老板乔布斯罹患癌症，有过一次濒临死亡的体验。后来他病好转些后，养成了一个习惯，每天醒来就想，如果我明天要死，我今天要做什么？于是，每一天，他都要求自己做最重要的事，绝不允许拖延。要是我们在每一天的工作和生活中，也能像乔布斯一样，做最重要的事，最有价值的事，今天的事今天做并且把它做好，不给自己拖延的理由，那说明我们对生命有了更深刻的看法，那我们的一生会充实饱满得多。

第三，理智地安排身后事。人生自古谁无死。有生就会有死，这是自然规律。有些人是老死，那是幸福的死；有些人是病死，那是无奈的死；有些人死于非命，那是悲惨的死。不管如何，总得一死，如果我们心态能平和些，可以在有生之年，把自己的死做一个提前安排，这样能使自己死得平静些死得有尊严些，对家人对亲朋也有更好的交代。美国总统在御任时，会被要求写出自己的葬礼计划，详细列出自己死后的葬礼安排，比如请哪些人；要用多少钱，哪些钱是自己出，哪些是客人出；葬礼是什么形式；自己穿什么衣服等等都写得清清楚楚。这样当总统去世时，一切都按计划有条不紊地进行，不会出乱也体现了死者的意愿和价值观。反观，我们身边的生活中，人死后因财产争夺、继承权争夺导致的兄弟反目亲友反目悲剧真是不胜枚举。作为个人，生前必要做好安排，万一自己死了，财产如何分割，子女的教育如何落实，自己的葬礼如何举办，都要提前落实好，不要因为个人的死去给家人留下太多的痛苦和后遗症。作为一个公司，老总也要做好安排，万一自己死了，哪个来继任，继任者按什么政策做等等都要提前安排，不要因为老总的死去导致公司的迷茫甚至崩溃。能做到这样的个人这样的企业我认为是明智的，对生死是参透的。

实际上看透生死，说起来容易做起来难。虽然我尽可能要求自己能平静对待它。但我承认，此刻，我的内心对死亡依旧充满敬畏。今天我把自己对生死的看法写出来，是希望能不断地给自己勉励，使自己能不断地超越这种恐惧。

你还是原来的你

摘　要：努力保持我们内在的谦逊，以不变的心迎接万变的世界。

关键词：荣辱不惊

刘邦是汉朝的开国皇帝，按说是个了不起的人物。但这人嘴脸我不大喜欢。年轻时游手好闲，经常厚着脸皮去哥嫂家蹭饭，为此其老爸很看不顺眼，不时怒斥之。后来他当上了皇帝，坐在龙椅上，很得瑟地怼老爸：你看是你厉害还是我厉害?！向自己的父亲兄弟姐妹叫板，这样的人我总觉得比较低档。我对他看不顺眼的还有一事。以前有次打了败仗，驾车逃奔，为了使马车跑得快些，他竟然要把自己的一双儿女推下车。这个刘邦是太过分了。

倒是项羽，顶天立地一汉子。输给了刘邦却赢得了赞叹。唐代杜牧有诗云："江东子弟多才俊，卷土重来未可知。"赞美之情溢于言表。清代李清照也有诗云："生当作人杰，死亦为鬼雄。至今思项羽，不肯过江东。"亦是一派景仰。

所以说，不在做人上下功夫，哪怕权力再大，有钱再多，口碑有可能却很差，刘邦是一例也。

还读过一则故事，说的是有一穷人去犁地，挖出一坛金，从此过上了富人生活。路过邻居的门前，也要捏着鼻子走，嫌邻居家的狗气味臭。后来，他们家的儿子被人劫持，只好变卖了所有的财产去赎回来。富人于是又变成了穷人，甚至比以前还穷。再路过邻居门前，几天没饭吃的穷人盯着邻居家的狗食发呆，狗以为他要抢食，对着他狂吠不止。邻居可怜，递给半碗米饭，摇摇头进屋。

也听李主任讲过他们村里的一则故事。说的是有一族里兄弟，早些年去广东淘金，十来年后发了一小笔，于是荣归故里。逢人嘣的都是广东话，请他讲田东壮话，他用广东话答：全忘了。见到我们的李主任，也是用粤语：阿应，尼虫计得我茂?（阿应，你还记得我吗?）搞得我们李主任很晕，他说当时真想一巴掌过去。不过，终究没打，只是说：你小子烧成灰我都认得，是你认不得你自己了。听李主任讲到这里时，我问：这兄弟真的不记得田东壮话了吗？李主话说：鸟。没过几天，个个都骂他之后，他又讲回田东壮话了，讲得一如以往地溜。不禁喷饭。

刘邦是小人得志，人家虽不喜欢，却也无可奈何。那穷人和那田东的兄弟是得意忘了形，结果都成了笑柄。

实际上还有一类人我也不喜欢。穷困潦倒却不思进取，每天点头哈腰只盼望别人的施舍。为了得到施舍，甚至不惜跪地。我觉得这类人是失意忘了形，做人的硬气太缺。

宠辱不惊，闲看庭前花开花落；去留无意，漫随天外云卷云舒。做人当如此的。只是我们自觉或不自觉地物化了。人生落魄时，觉得自己什么都不是，把自己看得很贱；一旦时来运转，当了官，便又神气活现，忘记了自己的爹是谁。

一些人，发了财，便时刻把钱放在嘴上，逢人便说自己不差钱。所以，我们常称这类人为暴发户。实际上我们需要修炼得再从容些，要能警醒地告诉自己，没有什么大不了，你还是你自己。做人应有的自尊、应有的平和、应有的素养并不能随外在的改变而轻易地改变。这样，我们才能守住自己的"形"甚至"神"。

三十年河东，三十年河西。此句话道尽了世间的沧桑变化。其实不用三十年的，三年前，右江之南也不过是田野村落，草长莺飞。三年之后的今天，已是高楼林立，大道纵横。谁又能说清楚，三年之后，此刻的天又将换成怎样的天？

不用去想了。能做的，就是努力保持我们内在的谦逊，以不变的心迎接万变的世界。这样多少年之后，你站在右江之南，临风而立，像一棵玉树，散发迷人气息。远远的我们就认出熟悉的你，还看到你迷人友善的笑容。是那样的亲切。

你所执着的那些爱恨情仇

摘　要：地球是这个浩瀚宇宙剧院里的一个小小舞台，每个人是悬浮在阳光下的一粒微尘。

关键词：宇宙视角

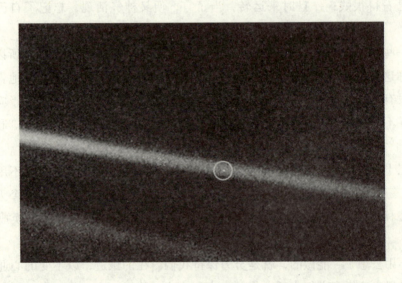

这是一张著名的照片。1990 年，旅行者 1 号探测器即将飞出太阳系的时候，在距离地球 60 亿公里的地方，美国国家航空航天局命令它回头再看一眼，拍摄了 60 张照片。照片上的光带是相机镜头反射的太阳光。其中的这一张上正好包括了地球。就是图中那个亮点。

在浩渺的宇宙当中，地球就是这么不起眼的一丁点。太让人感慨了。

宇宙中到底有多少像地球这样的"类地行星"呢？天文学家估计，仅在银河系中，类地行星就至少四百亿颗。这就等于说给古往今来每个曾经活过的地球人都赠送一颗类地行星，还绰绰有余。至于普通的星星，那更是多得不得了，宇宙中的星星比地球上的沙子都多。而且不管你怎么想象，宇宙都比你想到的更大。

地球终究不过是漆黑包裹的宇宙里一粒孤单的微粒而已。

它从来不是宇宙的中心。

而在这一粒孤单的微粒上，今天有 70 亿的人要在那一点上走过一生，包含了他们所有的爱恨情仇，所有的缠绵所有的厮杀，所有的高傲所有的自卑，所有的羡慕嫉妒恨……

面对这张图片，我很自然地想起了庄子。庄子说人在天地就好像一根毛在马身上（不似毫末之在马体乎？）。他还讲了一个故事：在蜗牛的左角，有一个国家叫做触氏，在蜗牛的右角，有一个国家叫做蛮氏。这两国为了争夺领土发生战争，战争激烈到什么程度？"伏尸数万，逐北旬有五日而后返"。在小小的连一颗尘埃都容不下的蜗牛角上，一国追逐另外一国，居然追击了十五个昼夜。当时读到这个故事只是觉得太搞笑，这个小丁点的地方值得这么大动干戈嘛。屁大的事都算不上。但从宇宙的视角思量，突然发现庄子的眼光竟如此深邃。从宇宙的视角看地球，看地球上熙熙攘攘的人流，不就像我们看蜗牛角上的激烈战争吗？可以说庄子的心中有一个大宇宙。

不同的视角，看问题的方式不一样。视角简单地说是观看的角度，引申开来具有观点、看问题的角度等含义。那宇宙学视角意味着什么？最根本的一点，人类在这个世界当中根本微不足道。

《给忙碌者的天体物理学》的作者尼尔·泰森说探索宇宙可能会给我们带来一些实际的物质好处，也可能纯粹是因为有趣。但是探索宇宙还有一个功能，就是让我们保持把眼光放远的态度。如果你只看自己这一亩三分地，你慢慢总会认为世界就应该绕着你转，你一定会变得无知和自大。愿意向外探索，实在是事关谦卑的美德。

谦卑一词来源于拉丁文"humus"（泥土）和"humi"（地面上），指一种生活的态度。在《现代汉语词典》中的释义为：谦虚、不自高自大。从宇宙的视角看问题的一个重要意义就是让我们谦卑一点。

朝生暮死的蜉蝣不知道黑夜与黎明。春生夏死、夏生秋死的寒蝉，不知道一年的时光，我们认为这是短命。传说中的彭祖活了七百来岁，我们觉得特别的长寿。但是庄子接着说，楚国的南方有一种大树叫作灵龟，它把五百年当作一个春季，五百年当作一个秋季。上古时代有一种树叫作大椿，它把八千年当作一个春季，八千年当作一个秋季。我们可怜蜉蝣羡慕彭祖，其实不也是一种无知吗？

蝉和小斑鸠讥笑鹏说："我们奋力而飞，碰到榆树和檀树就停止，有时飞不上去，落在地上就是了。何必要飞九万里去南海去呢？"因此我们看不起蝉和小斑鸠，然后很羡慕那展翅高飞的大鹏鸟。所以很多人给小孩起名字，喜欢用"鹏"。但真正是这样的吗，在庄子那里，鹏飞也不逍遥，因为不凭借足够大的风力，它基本无法飞翔。大鹏鸟也有大鹏鸟的局限。

读懂庄子的宇宙观。我们会发觉小年和大年，小知和大知都是相对的。你不管多聪明，面对浩瀚的宇宙，你永远是那样无知。你不管多厉害，总会有人比你更厉害，正所谓山外有山，人外有人。因此，不要过多地去对比，应该谦卑和从容地去生活。不要看不起别人，在另外一些人的眼里，其实你也是一无是处。人与人之间差距没有那么大，就算人和大猩猩相比，智商也不过是6%的差别。不要放不开放不下，其实你所执着的那些爱恨情仇，不过是马身上的一根毛。

泰森的老师，天体物理学家、著名的科学作家卡尔·萨根，看了这张旅行者1号探测器的照片非常感慨，他说过一段非常著名的话：

我们成功地（从外太空）拍到这张照片，细心再看，你会看见一个小点。就是这里，就是我们的家，就是我们。在这个小点上，每个你爱的人、每个你认识的人、每个你曾经听过的人，以及每个曾经存在的人，都在那里过完一生。这里集合了一切的欢喜与苦难，数千个自信的宗教、意识形态以及经济学说，每个猎人和搜寻者、每个英雄和懦夫、每个文明的创造者与毁灭者、每个国王与农夫、每对相恋中的年轻爱侣、每个充满希望的孩子、每对父母、发明家和探险家，每个教授道德的老师、每个贪污政客、每个超级巨星、每个至高无上的领袖、每个人类历史上的圣人与罪人，都住在这里——一粒悬浮在阳光下的微尘。

心疼自己

摘　要： 请记住，悲喜总是同在。

关键词： 负面情绪　自我关怀

因为老觉得自己对情绪的把控不好，又知道负面情绪的后果严重。这几天就老看一些有关改变情绪的文章，希望能找到治一治负面情绪的秘方。

人类有 11 种基本情绪，它们是兴趣、惊奇、痛苦、厌恶、愉快、愤怒、恐惧和悲伤以及害羞、轻蔑和自罪感。然后这些基本情绪又会自由组合，形成复合情绪，比如愤怒—厌恶—轻蔑的复合就变成"敌意"，恐惧—内疚—痛苦—愤怒几种情绪的复合就是典型的"焦虑"。这样一重组，人的复合情绪就多达上百种。是蛮复杂。

情绪，作为人对客观事物的态度体验及相应的行为反应，有积极也有消极。消极体验的我们一般喊作负面情绪。负面情绪当然很不好，前面我讲到自己就因为知道负面情绪"性质很恶劣，后果很严重"，搞得硬生生地不敢闹小情绪。但，除了用后果去吓自己这种方法之外，是不是也还有别的方法也有效？我就到处看了看。

逻辑思维罗胖的药方：童话故事《爱丽丝镜中奇遇记》里面有一个情节：叮当哥哥和弟弟，为一件小事要打架。但是他们打架有个规矩，就是要穿上特定的衣服。好，那就穿，在穿的过程中，两个人的气就都消了，然后架就没打成。这是我看到的逻辑思维的罗胖开出的一个药方。他说，平息怒气最好的方法就是看到愤怒本身，并把愤怒给晒出来。

林肯的药方：林肯做总统的时候，陆军部长向他抱怨受到一位少将的侮辱。林肯建议给对方写一封尖酸刻薄的骂信作为回敬。信写好了，部长要把信寄出去时，林肯问："你在干吗？""当然是寄给他啊。"部长不解地回答。"你傻啊，快把信烧了。"林肯忙说，"我生气的时候也是这么做的，写信就是为了解气。如果你还不爽，那就再写，写到舒服为止！"心里产生负面情绪，需要疏导发泄，林肯用了写信的方法。

一位名医的药方：据说英国著名化学家法拉第年轻时由于工作紧张，神经失调，身体虚弱，久治无效。后来，一位名医给他做了详细检查，没有开药方，只留下一句话："一个小丑进城胜过一打医生。"法拉第仔细琢磨，觉得有道理。从此以后，他经常抽空去看滑稽戏、马戏和喜剧等，并在紧张的研究工作之后，到野外和海边度假，调剂生活情趣，以保持心境愉快，结果活了76岁，为科学事业做出很大贡献。

这几个药方写得都很有画面感，初一看觉得还挺有道理。但我再一想，好像却并没什么用。首先，我们大量的负面情绪并不都与他人有关。有时是与自己的感觉刺激有关，比如疼痛、厌恶。有些是与自我评价有关，比如失败、羞耻、内疚、悔恨。所以罗胖和林肯给的建议在很多场景都用不上。就比如，老陆只是因为自己的大意把电脑弄坏了，心里很是悔恨。这个事情跟别人没关系，所以没法穿上衣服和人打架，或者写信去骂人。再者，现在的社会时间这么紧，人与人的冲突又往往突如其来，有谁有闲心去慢慢地提前弄个预案，或者事后慢条斯理地整一个方案专门应对负面情绪？名医开的药方也是一样，长期应该管用，但短期的面对一个具体的负面事件，其实也苍白。对付负面情绪，一是要快，二是不要占用太多的时间。这才是真正好的办法。

老陆的药方有三个：

一是让自己忙碌起来。

负面情绪产生后，要控制其实很难。倒不如不控制。直接转身做别的事好了，最好是那种需要费心费神费力才能做得好的事。上周自己的体会就是这样，电脑在关键时刻坏掉了，因为答辩的日子马上要到了，急着要写好二辩论文，稿子写不出后果很严重，于是就那样扎进去写稿。对于电脑坏掉这个事根本没精力再去想。等没日没夜写完稿子，再回头审视电脑事件，心情已是云淡风轻。所以摆脱负面情绪最快的方法是找事做，忙起来，做一些你喜欢的事，画一会儿画、练一练字、浇一浇花，甚至可以做一做美食、煲一煲汤，做一切你想做的事，效果应该是不错的。

二是自我关怀。

什么是自我关怀，克里斯汀娜·布莱勒说就是当我们面对困苦与磨难时，能够像对待爱人或其他陷入困境的人那样，充满善意地关怀与照料自己的能力。

当别人遭遇苦难的时候，我们会自然而然地会想到要对他们付出关怀与照料。可是，对自己，我们往往做不到，正所谓安慰别人容易，安慰自己难，据说这个跟复杂的大脑结构有关。另外，我们也一直接受"躬自厚而薄责于人"这样的教育，总是讲要多责备自己，少责备别人。结果自己总是对自己不太友善。其实从出生到死亡，唯一时时刻刻能陪伴、关怀自己的，只有自己。所以自己最该关心的是自己。自我关怀就是你希望别人怎样对你，你就怎样对自己。所以人要建立思维的第二系统，当感觉情绪不对时，另一个自己马上跳出来，及时地给自己安慰，这个安慰包括理解和包容自己的不安，心疼自己的不容易……当我们去认识并允许自己去经历负面的情绪，其实就让我们释放了一部分情绪。

三是改变情绪感受。

当不好的事情发生，我们的大脑会开始对它进行解读，但每个人大脑解读的方式不一样，随之就会产生不同的情绪反应。所以要改变负面情绪状态，最根本也最快捷的是改变我们对负面情绪的感受。改变情绪感受，办法就是改变我们对事物一些非理性思维，比如，下面这几个：

一个人应该被周围所有的人喜欢和称赞；

一个人必须无所不能，十全十美，才有价值；

那些坏人都应该受到严格的法律惩罚；

事情不能如愿以偿时，那将是可怕的伤害；

一切不幸都是由外在因素造成的，个人无法控制；

……

这样的思维观念会让我们陷入情绪的泥潭。而下面的思维观念却让我们豁然开朗：

人与人之间，没有谁更不幸；

人生中的绝大部分恐惧是站不住脚的；

把自己照顾好，是你对这个世界最大的贡献；

所有人都会犯错，都会经历坎坷与挫折；

接受自己的不完美，那是我们完整人生的一部分；

自己是个普通的人，自己现在的感受成千上万的人都在经历；

世界上没有什么是唯一的；

......

正所谓山重水复疑无路，柳暗花明又一村。能改变我们情绪的恰是"那一瞬间的转念"。

最后来一句鸡汤：你若盛开，蝴蝶自来。

那些烦恼的小事

摘　要： 人的资源是有限的，总和烂事纠缠在一起，只会白白地耗掉这些资源，从而让你的人生过得毫无价值。

关键词： 心理衍射论

一天晚上，我突然想到自己有一个好久不用的充电宝，现在却不知放在哪里。于是开始找它。翻半天，没找到。心情莫名急躁起来。然后更着魔地想找到它，似乎找不到，人根本无法停下来。我意识到不对了。这个充电宝一是不值几个钱，二是目前我并不需要它。我为它如此着急，原因却只是想知道它现在在哪里。这真的有点搞笑。于是心情这才平静下来，打消寻找它的念头。

不只是我，其实很多人也常在一些小事上纠缠不休。

那是好多年前的事了，我一直还记得。我们村比较大，有好几个屯，我们屯就在村头，村里人去镇上赶集必定会经过我们屯。当时我们屯有个女人，嫁过来几年都没有生孩子。有一次，一个骑单车路过的年轻人不知啥原因和女人在路上发生口角，年轻人扔下一句脏话就骑单车跑了。那句脏话翻译过来大概意思是：以前乱卖现在才生不出孩子。

女人给气疯了，在后面骂着追，没追上。从那天起，女人不干活了，每天扛着一桶大粪，桶里放着一个大木瓢，守在路边，只要那个年轻人一旦露面，她马上舀一瓢大粪盖到年轻人头上。可等了个把月却没等到年轻人再次出现。旁边人劝她，却根本听不进。

功夫不负有心人，终于在第二个月之后的某一天，偷偷摸摸路过的年轻人被女人逮住了，女人干脆利落地就往年轻人头上扣过去一瓢大粪，接着叉腰开骂。年轻人一下爆炸了，捞起粪桶往女人身上砸过去。

后来，女人在医院待了几个月才出得院。女人家那一季的农活，因为这么一番折腾，给废了。

我认识的一个小兄弟的从一家小公司离职。因为双方算法不一样，小兄弟认为公司少帮他交一个月的养老保险。小兄弟想不通，就隔三岔五去公司论理。后来又干脆告到人社部门。因为小兄弟的理由并不是很靠谱，人家也劝他不要再折腾。可小兄弟还是想不通。就这样耗着，用很多的时间去做无用的事情。以至于好久都没找到新的工作，日子过得紧巴巴。

有同学跟我讲过一个他们同学的一个事。一对学生情侣因为性格不合分手了。男的却变态似地不断去跟踪前女友。朋友们觉得好奇怪，都分手了干吗还要做这种无聊的事。男的解释是，他总感觉他们两个人分手除了性格不合之外，还有一个可能因素是女方移情别恋，但又找不到确凿证据。于是很郁闷的他就忍不住跟踪前女友想看看前女友是不是跟哪个男生在一起。朋友劝他，见有其他男生和前女友走在一起又怎样？要过去和人家打一架吗？或者过去和人家谈判，让人家交还？男的说，都不可能，他们之间已没有爱了，他这样做就只是想知道女友和他分手是不是因为劈腿，如此而已。于是大家都感觉这个男的好奇葩好不值得。

人是情绪起伏特别奇怪的动物，常常会在一些没有价值的小事上纠缠。心理学上有一个定律叫：心理衍射论，是挪威心理学家诺德斯克提出的。而这个定律的提出就来自他自身的一段经历。

诺德斯克当时在军队服役，在一次突然的军事演习中，时间紧急，他来不及系好鞋带便匆忙上场集合，在他准备俯身系鞋带时，演习开始。

那一刻起，诺德斯克脑子里老是想着那根没来得及系的鞋带，精力一直无法集中。结果不幸发生了：诺德斯克左腿中弹受伤。

而事实上，那根鞋带一直很好地系着。

心理衍射论说的是：我们的大脑往往容易为一些不相关的小事纠缠，而导致精神无法集中或者注意力发生偏差。

而一旦我们和这些烂事杠上，日子往往会过得一地鸡毛。

更重要的，我们因此失去了做更重要的事的精力和时间。这才是最要命的。

那个女人没必要因为别人的脏话斗气，她可以把时间花在更值得事情上，让日子过得和和美美。小兄弟应该尽快去找一份更好的工作，赚更多的钱。失恋的男同学与其这样纠缠，不如把时间放在学习上来，或者尽快去寻找新的爱情。人活一口气，并不完全对。让日子过得一天比一天好才永远正确。当烂事发生，最好的处理方式是及时止损而不是斗气。

人的资源是有限的，总和烂事纠缠在一起，只会白白的耗掉这些资源，从而让你的人生过得毫无价值。

俞敏洪在新员工培训会上说：每一个人在这个世界上都有自己的位置，人生的发展就是寻找自己位置的过程，不同的生命阶段我们有不同的使命。但我们一辈子就是为了一件大事而来的，那件大事的完成需要你心灵的完善和现实的全部努力，每个人要做的就是，搞清你一生，这一辈子有什么大事。

可能我们到现在也还没搞清楚我们一生要做的大事是什么。但我们却可以很简单就知道，有些烂事绝对不值得我们花时间去折腾。

当然，知道并不等于做得到。

要时刻尊重常识

摘　要： 再低级的把戏也总能忽悠到一些无辜的人们，人性是经不起诱惑的。

关键词： 牢记常识

下午三点从贵州丹寨小镇回百色，导游说大概晚上 11 点后可以到。

蜻蜓点水式地睡了几次。实在无所事事，突然想是不是可以用手机敲一篇小文，不然 8 个小时的时间真的会浪费。这种浪费对老陆来讲很可耻。但坐我旁边的五哥却毫不在意。他说只要天天能玩游戏看电视就无所求。我批评他：你就是一台造粪机器。

很少跟团旅游。常识告诉我，便宜团费后面肯定是烦人的各种景区购物。但因为是带老人小孩出来，不想有自驾的各种烦琐。加上夫人很喜欢这条路线。权衡之后还是就跟了。况且合同也写清楚整个旅程就两处购物点，加起来 3 个小时。这个时间消耗还可以接受。

但第二天就后悔了。一是消耗的时间根本不止 3 个小时。算上往返购物点的交通时间，三天行程有一整天都花在这上面了。二是购物的体验很糟糕。以为只是放你到购物点自行看看买买。结果每个点都是把人集中起来听课或者看戏。

攀老乡套路继续用，但还加了豪门恩怨、家国情怀、"一带一路"等几出戏。可惜演戏水平依然很水，大概他们觉得看戏的都是智障，所以不需要太讲究。想到这老陆不由绝望。

所以以后对这种低价团旅游不会再有幻想了。你想少花钱，结果有人挖空心思要榨出你的钱；你想省点心，结果有人逼着你看劣质戏，坏透心情。还是要牢记常识：天上从来不掉馅饼！刮风下雨落冰雹倒是不时有，贪便宜图省事总是要付出代价的。

所幸除开我，家人们并没有沮丧。五哥十哥到哪里都是一样嗨。两老看起来还蛮享受，甚至偶尔还被带入戏。不动声色下手几块小玉石。

这次出门本意就是让老人家散散心开开心，因此我不会去点破他们。家不是讲道理的地方，这也是常识。

但我很认真地跟五哥分析这几个购物点的各种套路。我说：五哥，你之前告诉我，想当百色版的福尔摩斯，那你要用心去分析，努力去寻找套路里面的蛛丝马迹，这样才能锻炼思维。

五哥是家里的未来，我希望他变得更聪明。他的人生应该去观赏更高级的戏，而不是把时间浪费在这种劣质演出上。

最后说两点感受：

一是每个人对事物的看法，根源是一个人的价值观。比如并不是每个人都像老陆一样感到这次旅行的糟糕。因为每个人对时间的价值感受是不一样的。

二是再低级的把戏也总能忽悠到无辜的人们。人性是经不起诱惑的，所以旅游购物点的演出永远兴盛不衰。

你需要一段独处的时光

摘　要：人不仅需要与他人友好的相处，同时也需要和自己友好相处。

关键词：反刍动物

这几天我注意到一则信息：参加北航"月宫 365"实验的 4 名志愿者刘光辉、伊志豪、褚正佩、王伟在实验舱中连续驻留了 200 天后于 2018 年 1 月 26 日走出舱外。也就是说在此之前的 200 天，他们过着与世隔绝的生活。

200 天里他们不能睡一个懒觉。作为实验操作者又作为实验对象，他们在舱里的时间大概分为科研、日常工作和生活三部。科研部分，例如一周要填 3 次问卷、取样三次（唾液、尿、便）；早晚各测一次体温、血压与血氧饱和度等健康指标并准确记录在册。工作部分，例如根据植物栽培制度，按照一定时间间隔分批种植，每隔几天就要重复一次。生活上，每天都是一样的流程，吃饭、娱乐、自由时间、休息。

200 天里他们就在 150 平方米（其中植物种植面积 120 平方米）的密闭空间里生存。空间小，项目娱乐少，每天见到的都是一样的人。我佩服这样的人，不仅是因为他们致力于科学研究的精神，更多是因为他们的耐得住寂寞。在这点上很多年轻人估计是做不到的，你们可以想想把自己放在一个孤岛生活几个月会是一种怎样的煎熬。就算三五人陪你，情况可能会相对好些，但我想依然会觉得难受。因为外面的世界真的太热闹让人离不开。

人是群居动物。为了安全，为了快乐，为了健康，为了有归属，人天然有融入群体的需要。因此社会人必然需要社交，也离不开社交。与此同时，人又是自我的，每个人都是独立个体，也必定有自己独特的需要。因此，人有些时候其实是需要安静地独处一段时间的。即是说人不仅需要与他人友好地相处，同时也需要和自己友好地相处。但你会发现我们几乎是马不停蹄地抱团和融入，却难以安排自己独处上一段时光。

如果说社交可以体现一个人的外在价值，那么独处可以塑造一个人的内在价值。

我从小在农村长大，那时的农村每家每户都会养水牛，而每个小孩都会有放牛的经历。水牛吃草的时间很长，而且吃的速度也不慢。当它们吃饱后就会躺在树阴底下休息。身子一动不动，唯有嘴巴不停咀嚼。我们小孩都知道，这是牛在反刍，而且在一天当中牛反刍的时间会有好几个小时。反刍是指进食一段时间以后将在胃中半消化的食物返回嘴里再次咀嚼。反刍动物通常是一些食草动物，因为植物的纤维比较难消化。而反刍动物采食一般比较匆忙，大部分未经充分咀嚼就吞咽进入瘤胃。因此这些还没消化好的草料经过瘤胃浸泡和软化一段时间后，会逆呕重新回到口腔再次咀嚼，再次混入唾液并再吞咽进入瘤胃。这个过程是再消化的过程，也是有助于更好吸收的过程。

某种意义上人其实也是反刍动物。世界就像一个硕大无比的食物拼盘，每天我们都在不停不断地大吃大喝，必定也需要点时间来好好地消化吸收。独处则无疑是最好的方式了。和别人在一起我们总处于社会状态，唯有在独处中我们才有了与自己联结的最佳状态。在这样没有被打扰的时空里，在这样一个属于自己的小世界里静静思考，聆听内心的声音。外来的印象才能慢慢被我们消化，自我才能慢慢成为一个既独立又生长着的系统。一个相对自足的内心世界才会形成。知道自己想要的是什么，更确定自己的人生方向，从而内心笃定地去做自己。而那些匆匆前行从不反刍的人往往会随波逐流，甚至迷失了自己却不自知。

此外，独处的另一个妙处是可以让我们支配更多的时间，做自己喜欢的事。还记得樵夫和牧羊人的故事吧？樵夫和牧羊人在野外相遇，牧羊人手里牵着的羊在吃草，于是拉住樵夫要和他聊天，樵夫停下来和牧羊人唠嗑了一整天。羊吃饱后牧羊人回家，樵夫却突然无比惆怅。人家的羊吃饱了，而你的柴呢？如果樵夫能拒绝牧羊人，能拒绝"社交"的诱惑，舍得一个人安安心心地去砍柴，那这一天他一定会有属于自己的收获。所以不要总想着与他人相处，要学会创造独处的时间，在这样有限的自由的时空中，有计划有步骤地推进那些自己想做的事，把事情做出效率做出效果，从而成就自己。在写这篇小文的时候，我一个人在泰国曼谷北郊的一个公寓里生活。每天的基本安排是：学英语、练毛笔字、写论文、看书。有时甚至两三天窝在只有十来平方米的房子里不出门。

我承认有时我会感觉到孤独，甚至觉得这不是人过的日子。但更多的时候，我会感觉到在这样独处的时光里，每天有一大片的时间可以专注于自己认为重要或者自己喜欢的事当中，进步很快，因此内心也常常会有欣喜。

　　独处或许是反人性的，但人活在这个世界上，最终还是需要拥有和自己相处的能力。

做自己的贵人

摘　要：你要努力让自己贵重起来，然后城市才会更珍惜你。

关键词：人力资本

4月，武汉的一个校园招聘会上，华中科技大学的研究生小刘一番考虑后签约当地的一家公司。按照他原来的想法，是要去东南沿海城市闯一闯。招聘会上也有这些地方的单位对他抛出橄榄枝。但小刘说："最近武汉对人才的政策很好，特别是'毕业生租房购房打八折'这条很吸引我，走出学校后，我想尽快稳定下来，安家立业，好好工作。"最终，小刘决定留在武汉。

这是最近我看到的一则报道。如果你留意，其实城市间的抢人大战从2017年就开始了。

2017年国内的二线城市南京、武汉、成都、西安、长沙等相继放出"送户口""送房补""免费租借办公区"等大招来吸引人才。

到今年第一季度，原本大力控制人口规模的北上广深等一线城市也开始推出针对高端和相关产业的人才引进办法。不经意间，这场人才争夺"大战"已经在全国打响，战火蔓延至20多个城市。

为争夺人才，各城市给户口、给租房补贴、生活补贴、买房打折、创业补助……南京做得更绝：外地高校毕业生去南京面个试都可以领1000元补贴。甚至有报道说，有些城市的落户学历门槛要求已降到中专。看来中专学历也值钱。

城市疯抢人才，我觉得是一件好事。以前是物值钱，未来是有知识的人越来越值钱。这是我的一个基本判断。以前上课的时候我曾多次提到过美国对全球人才的各种抛媚眼。我国的香港地区在人才引进方面也下过很多功夫。一个国家要发展，一个城市要发展，最终决定因素是这个国家或这个地区人才的多与少。现在各城市抢人抢得眼花缭乱，有点让人不适应，但终究是好事。辛苦读书没人理那才悲哀。稍稍觉得有些遗憾的是我关注的南宁、百色两个城市目前好像还没加入大战中。希望快点杀进来。

关于这波突如其来的抢人。有专家这样认为：当前白热化的城市抢人大战，表面上看城市是在抢人，实质上却是对人力资本红利的争夺。人力资本与生俱来的创新性、创造性才是带来更多可能并支持区域经济长期可持续发展的重要支撑。

人口老龄化时代到来，劳动力人口总量存在不足。其中一个解决办法就是"以质量换数量"。人才在技能、知识、经验、创新等方面的高水平可以在一定程度上弥补人口结构的缺陷。通俗说以前要 100 人做的活，现在有 1 个高水平人才就可以搞定。因此，人口经济学家说这是"人力资本红利"，谁抢得人才多，谁的红利就多。

人才越来越贵，已成为现实，现在的大学生成长在尊重知识的时代是一种幸运。但还是需要有清醒的认识。

尽管各城市表面上都在抢大学生，但其实抢的是大学生所附带的属性：高学识、高能力。如果你仅有大学生的外壳，内在的东西空空，就算你在城市落户，最终也将难以在城市发展。城市它可以要你，也可以抛弃你，而且它抛弃你并不再跟你商量。因此，大学生涯中尽可能的多学点本领才是正经事。多下点苦功夫在学习上，而不是在游戏上或者是睡懒觉上。话说，近期同学们玩微信小游戏的时间真的蛮多，应该自己控制一下了。

同是人才，也还有档次的区别。越高档次的人才在城市中会越吃香。前段时间有城市招聘厕所管理员，学历也要求是本科以上了。所以我鼓励同学们，大学本科毕业，要尽快考虑读研。仅有本科学历真的不足以支撑你在城市中尽情闯荡了。

你要努力让自己贵重起来，然后城市才会更珍惜你。

人生转弯处

摘　要：如果你一直在努力，生命状态它的确会变化，但它是慢慢来的，你一定要有耐心。

关键词：不如学也

因为行李不多，所以没有办理托运。随身的小箱里放着一瓶柠檬酱、一瓶辣椒，还有一瓶墨。过安检时，严肃的安检员把柠檬酱和墨水扣住，说是不能带进机舱。但辣椒却没有问题，顺利通过海关。不清楚是啥原因。是不是柠檬酱和墨水这两样看起来像不明物质？

这是第 N 次前往曼谷。这几年因为读书，频繁往返于曼谷与百色之间，说实话有些疲倦。而且这次要待的时间又比较长，再想想一些事，人都抑郁了。

首要的问题是语言不通。不会讲泰语，英语也不会讲几句。这次过泰国海关，友好热情的工作人员用英语主动闲聊，我结结巴巴。看得出，他对我的自我介绍：在国内的职业是教师这点感到吃惊，可能在他看来，作为一名老师，英语应该不至于这么 LOW 哇。但情况就是如此，我自己也很害羞。好在脸皮厚，凡是听不明白的一律答：yes，yes，yes。再辅之以无辜式微笑，终于蒙混过关。

学习的专业是工商哲学管理，中文体系授课，学生全都来自中国，老师也全都来自中国的北京、上海、浙江、武汉等地的大牌高校，相对而言听课没有语言障碍。但因为以前没好好学习，加之课上的内容又比较深，要消化很不容易。特别是老师讲到统计学部分时，人差不多都是懵的。最难受的是写论文，总共要参加四次答辩，每次都战战兢兢。如果答辩不过，只能等下次再来，耗时间不说，重要的是，要补交好多钱，比如第四辩不通过，重新答辩就要补交三万六千元人民币。想想都刺激。等四次答辩下来，论文的字数大约是 10 万 +

了。我们班有同学不知何原因，中途就再也不来了。他们说读这书的最后成果都会体现在脑袋上，要么头全秃了，要么发全白了。我偏向于后者，虽不至于银装素裹，但已经斑驳陆离。想想多年以来曾经唯一为之傲骄的那些纯黑系发丝，甚是惆怅。此为其二。

第三是吃不惯。都说泰国美食多，但都是别人知识更评价的。有一位同来自百色的女同学就特别喜欢泰国的美食。寻思着要买食材回国内做冬阴功汤，爱这个汤爱到疯狂。可我绝对不愿意再吃第二次。泰国的食物偏辣和甜，还喜欢放各种奇奇怪怪的配料，吃到嘴里也是奇奇怪怪。所以在国内看不上眼的清水面条，到曼谷就变成了至爱，一般只有过节才舍得煮几根解解馋。

相对欣慰的是这里有我喜欢吃的水果。泰国水果最有特色的一个是榴莲，一个是山竹，一个称皇一个称后。而山竹则是本人最爱，每年六七月份山竹上市，隔三差五就买一堆回来囤到冰箱里，基本不会中断。每吃一个就觉得自己多赚一些，因为价格比国内要便宜好多。

这里的网速也不太让人开心。当然也有可能是因为自己对各种资费套餐不了解，反正就觉得花了比国内要多得多的钱，但网络的速度却一般般。而且常常有流量用光，然后上不得网的上蹿下跳。想想在国内想上就上，想上多久就上多久的豪气倍觉神伤。为省流量，我时常跑到公寓前台的沙发上"葛优瘫"蹭网。但，如果能躺在自家床上吹吹空调上上网，谁又愿意这样颠沛游离呢。

最最难受的其实是孤独。在国内每天也忙忙碌碌，但偶尔还可以和朋友去沙滩公园喝杯冰水，吃两串新疆孜然烧烤，然后闲扯一个晚上。平常下班回家可以欺负一下五哥和十哥，特别是逗得十哥一下哭一下笑，心中就会很快乐。而在曼谷一个人往，大多数时间都是窝在公寓里闭关修炼喃喃自语。偶尔的放风就是到公寓隔壁的711店逛一圈，实在没啥可买的我就买一大瓶可乐回宿舍自个倒一大杯喝。

当然还有很多让人疲惫的地方，只是一下子说不完。自己的内心很诚实，昨天刚到曼谷，今天心里已经开始想念百色了。光阴是个神奇的东西。有时觉得它是带风的箭，嗖的一声飞去无影无踪；有时觉得它是冰冷刺骨的漫漫长夜，辗转反侧停滞不前。常常感叹人生易老弹指间，很想永远是穿白衣的少年。但有时候又觉得时间是多难熬，希望它能过去快一些再快一些，比如泰国的学习生涯。是的，真心希望这样的日子能早些结束。

但终究是要按节奏走下去的。两年多前，应该是自己人生最迷茫的时候。

生活给了一次暴击，日子变得很糟糕，突然之间不知道自己能干些什么以摆脱当前的困境。

想了好多也没找到出路。后来想起曾经读到的一句话，大意是：当自己不知道该干些什么时就去读书好了，一定不会错。这句话，孔子也有过类似的表述：吾尝终日不食，终夜不寝，以思，无益，不如学也。想东想西并没什么用。要改变境况，只有一条出路，就是去学习。书中自有黄金屋，古人也这么说。

最起码埋头学习，不至于让自己有时间纠缠于苦闷。而且，多读书多长见识，哪怕不能改变现实的困境，却可以改变自己对困境的看法。如果足够幸运，多读书也有可能真的改变命运。只要你愿意相信。

人生艰难的时候，都希望迎来命运的转折点，在某一个突然的时刻折出一个高度，远远逃离 U 形深谷。但这只是希望而已。更多时候，如果你一直在努力，生命状态它的确会变化，但它是慢慢来的，你一定要有耐心。所以我个人不喜欢"转折点"这个说法，而喜欢用"转弯处"这个词。命运的转弯是慢慢地拐慢慢地拐，之后才会转到一个崭新的出口。

选择相信学习的力量，所以再疲惫的日子自己也要熬下去。